"巨人"升空的24小时

[德]安内特·诺伊鲍尔/著
[德]约阿希姆·克劳泽/绘
周 默/译

天津出版传媒集团

新蕾出版社

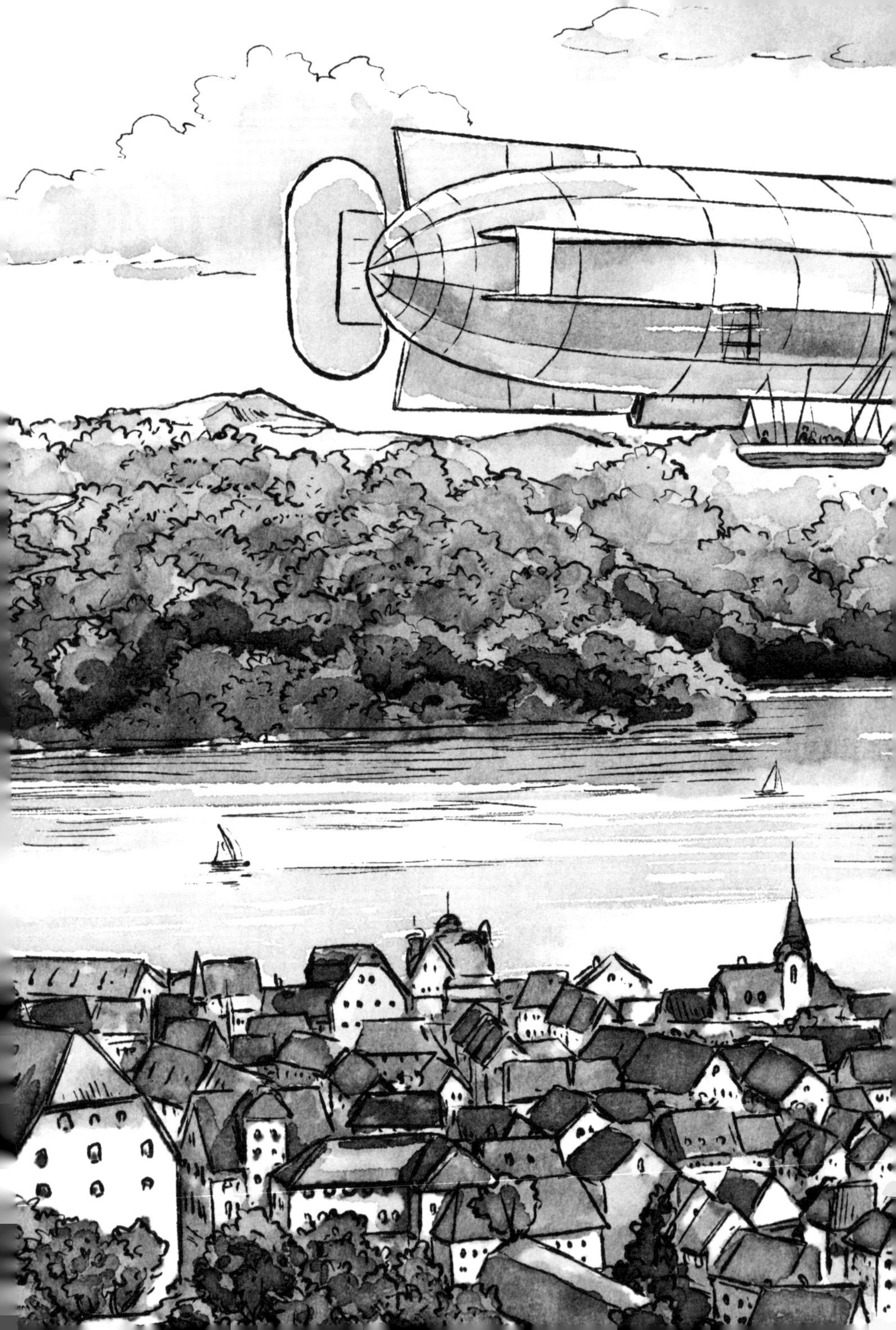

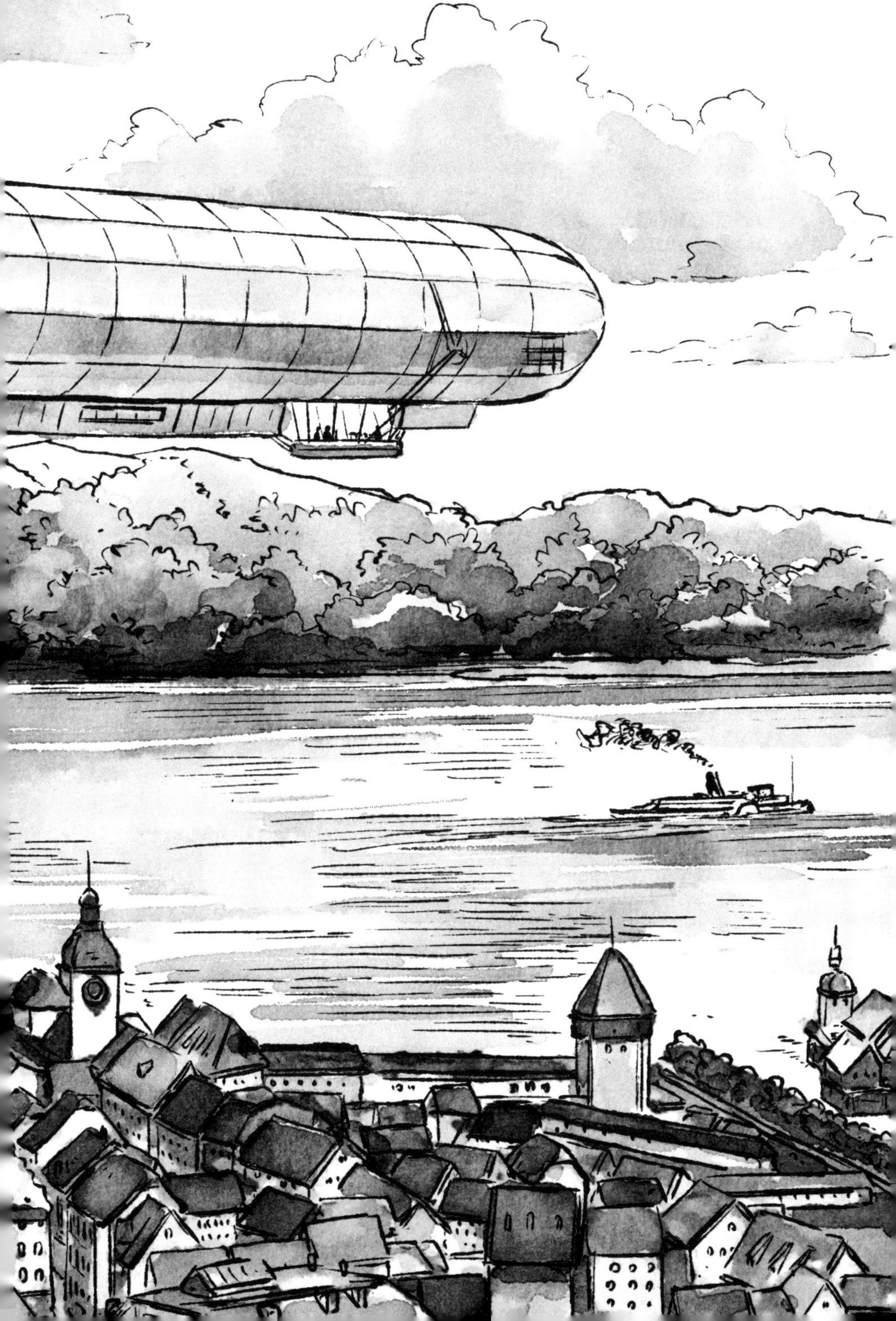

图书在版编目（CIP）数据

"巨人"升空的 24 小时 /（德）安内特·诺伊鲍尔（Annette Neubauer）著；（德）约阿希姆·克劳泽（Joachim Krause）绘；周默译 . —— 天津：新蕾出版社 , 2023.7（2024.3 重印）
（大科学家和小侦探）
ISBN 978-7-5307-7516-5

Ⅰ . ①巨… Ⅱ . ①安… ②约… ③周… Ⅲ . ①儿童小说 – 侦探小说 – 德国 – 现代 Ⅳ . ① I516.84

中国国家版本馆 CIP 数据核字（2023）第 031869 号

Title of the original German Edition: Sabotage auf dem Luftschiff (Ferdinand Graf von Zeppelin)
© 2010 Loewe Verlag GmbH, Bindlach
Simplified Chinese translation copyright © 2023 by New Buds Publishing House (Tianjin) Limited Company
ALL RIGHTS RESERVED
津图登字：02-2022-035

书　　名：	"巨人"升空的 24 小时　"JUREN" SHENGKONG DE 24 XIAOSHI
出版发行：	天津出版传媒集团 新蕾出版社
	http://www.newbuds.com.cn
地　　址：	天津市和平区西康路 35 号（300051）
出 版 人：	马玉秀
电　　话：	总编办（022）23332422
	发行部（022）23332351　23332677
传　　真：	（022）23332422
经　　销：	全国新华书店
印　　刷：	天津新华印务有限公司
开　　本：	880mm×1230mm　1/32
字　　数：	48 千字
印　　张：	4.5
版　　次：	2023 年 7 月第 1 版　2024 年 3 月第 2 次印刷
定　　价：	26.80 元

著作权所有，请勿擅用本书制作各类出版物，违者必究。
如发现印、装质量问题，影响阅读，请与本社发行部联系调换。
地址：天津市和平区西康路 35 号
电话：（022）23332351　邮编：300051

目 录

一 银色雪茄 /1

二 巨大的挑战 /17

三 漂浮的飞艇棚 /28

四 神秘的脚步声 /42

五 叛徒 /52

六 危险的计划 /63

七 升空 /75

八 被迫着陆 /91

九 倒霉的一天 /102

十 绑架 /113

答案/125

斐迪南·冯·齐柏林生平大事年表/128

斐迪南·冯·齐柏林
　　——飞艇"神话"缔造者/130

趣味小实验/134

一 银色雪茄

"我的天哪,这里太美了!"亨利希赞叹着。他趴在露台的护栏上,手遮在眼睛上方挡着阳光,向外望去——

这是一个炎热的夏日。太阳高悬在空中,万里无云,炙热的气浪在正午的骄阳下翻滚着。尽管穿着短袖短裤,亨利希还是能感觉到汗水正顺着后背往下流。

"这儿简直就像在海边一样。"站在他身边的妹妹艾娃说。她穿着蓝色水手领的白色棉布长裙,金色长发被扎成了一个松散的辫子垂在脑后。她也像亨利希一样向远方眺望着。

"碧水、蓝天,还有远处的阿尔卑斯山,这儿美得像仙境!"她满意地看着这一切。一只搜寻食物的湖鸥掠过湖滩,发出清脆的叫声,仿佛在对这个小姑娘的话表示赞同。

"博登湖①真是个度假的好地方!"亨利希说,"我们每天都可以游泳和钓鱼。"

"艾娃,亨利希!饭做好啦!"婶婶的声音从背后传来。兄妹俩闻声回头望去,露台通往餐厅的对开门大敞着,明亮的光线充满了整个雅致的房间,里面放着一张硕大的椭圆形餐桌和一盏银色的烛台。

"我好饿呀!"亨利希说着,转身穿上鞋跑进屋里。艾娃也意识到自己的肚子正咕咕直叫。

管家玛利亚夫人刚刚把盛好的炸鱼放到白

---

①博登湖,德语区最大的淡水湖,位于德国、奥地利和瑞士三国交界处,是很受欢迎的度假胜地。

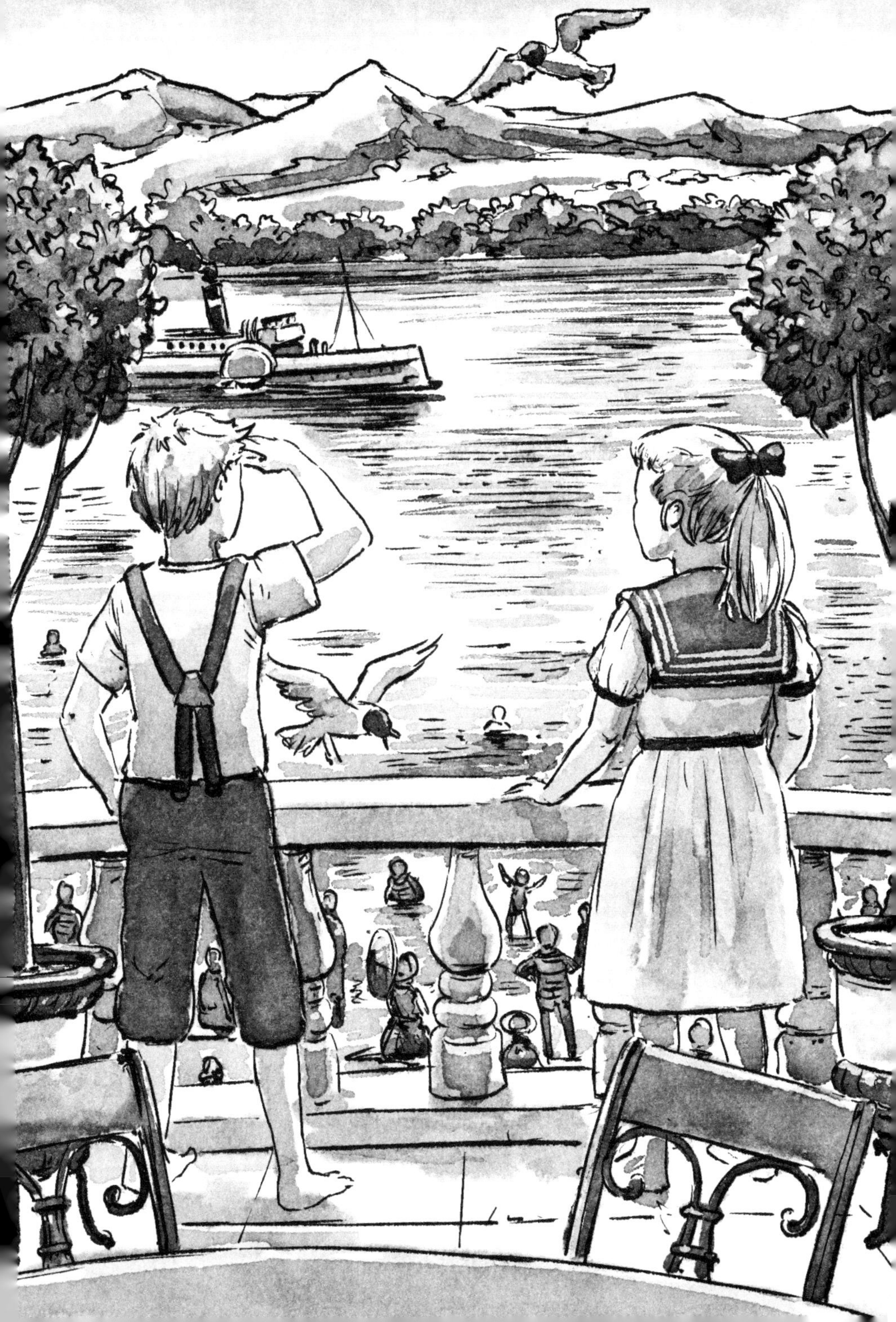

色的餐布上,婶婶则把一个盛着马铃薯的碗移到桌子中央。她抬起头,笑意盈盈地看着她的侄子和侄女说:"快来吃吧!"

兄妹俩刚落座,亨利希立刻把盛着鱼的盘子拉到自己跟前。"哇!这是炸鲑鱼吧?"

"这是本地的特产!"婶婶拂了拂裙子,在桌前坐下,"它们是来自博登湖的白鲑,味道非常鲜美。"婶婶把马铃薯推到艾娃跟前。"快吃点儿

吧,一路长途旅行你们肯定饿坏了。"

艾娃觉得这一切就像在做梦一样,今天早上他们还在拉文斯堡的家里。妈妈把他们送上火车,一边道别一边不忘对他们千叮万嘱。但兄妹俩太兴奋了,什么也没听进去。他们对即将到来的旅途和假期充满了期待。

想到这儿,艾娃笑嘻嘻地看着婶婶说道:"这里太棒了。我们能在弗里德里希港的这栋漂亮

房子里避暑真是太幸福啦!"

"是呀,的确很棒。我们的朋友汉斯要在瑞士待上几周,所以这期间,我们可以住在他的这栋别墅里。"婶婶铺开她的餐巾,赞同地说。"顺便提一下,汉斯是你们叔叔的忠实追随者,"她略带自豪地补充道,"尽管汉斯最近……"说到一半,婶婶陷入了沉默。

"您想说什么?"亨利希追问。

"噢,没什么。"婶婶拿起餐具,简短地回答道。

"叔叔到底在哪里呢?"艾娃一边把沙拉盛到餐盘里,一边问,"他不打算来吃午饭了吗?"

婶婶突然流露出忧心忡忡的神情,说:"你们的叔叔从没像现在这么忙碌过。而这意味着什么,你们是知道的。"

亨利希和艾娃关切地看着婶婶。他们眼中

的叔叔是一个精力旺盛的男人，充满了奇思妙想。叔叔所到之处，皆会被他充沛的活力所感染。他的工作和生活都围绕着一个梦想展开——建造可驾驶的飞行器，它将以全然不同于热气球的方式飞行。叔叔目前正在建造的这艘飞艇[①]被

[①] 飞艇，自身可提供浮力的、可驾驶的飞行器。

安置在附近一个叫曼泽尔①的地方的大飞艇棚②里。

"新飞艇的建造遇到什么麻烦了吗?"艾娃同情地看着婶婶问道。婶婶轻抚着额头,仿佛要将脑海中不愉快的想法驱赶出去。她轻轻叹了口气,让人几乎察觉不到地摇了摇头。"不,我相信这次一定会成功的。这是一艘了不起的飞艇,它穿行在云中的时候就像一支巨型银色雪茄。"

"叔叔已经飞过它……我的意思是驾驶过它了吗?"亨利希问。他还没有习惯把齐柏林飞艇看作一艘能够驾驶的飞船。

"当然!他上个月已经驾驶飞艇飞越瑞士了。想想看吧,就连符腾堡的国王和王后都已经乘坐过飞艇了!"婶婶骄傲而又兴奋地说着,但

---

①曼泽尔,弗里德里希港附近的城区。
②在博登湖上的浮动飞艇棚在1899年就已建成,它可以在飞艇起飞前根据风向转动。

突然她变得神色黯然。她闭上眼睛,用手揉搓着脸。"你们知道的,只是我有的时候……"

婶婶的话还没说完,餐厅大门被一把拉开了。一个矮小结实的男人走了进来。"开饭啦!"他一边说着,一边扯下船长帽,扔到衣架上。

"叔叔!"艾娃大喊。她跳起来扑进他的怀里。面对十一岁侄女的热情问候,斐迪南·冯·齐柏林伯爵开心地大笑起来。比艾娃大两岁的亨利希则在一旁迫切地希望得到叔叔的关注,直到齐柏林伯爵也热情地拍着他的肩膀和他打了招呼。这个敦实的男人习惯性地捻了捻自己白色的小胡子,那样子让亨利希联想到了海象,亨利希忍不住笑了起来。

"你们在这儿真是太好了!"齐柏林伯爵用他饱满而深沉的声音说道,"家里终于热闹起来了!自从我们的女儿海拉嫁人之后,家里一下子

冷清了许多。"

接着,他转向婶婶,对方正温情脉脉地注视着他。

"饭菜闻起来棒极了,亲爱的!"叔叔在婶婶

"巨人"升空的24小时

的两颊各吻了一下,径直走向餐桌。他一屁股坐到亨利希和艾娃中间的空座上。"祝大家都有好胃口!"说着,他拿过碟子给自己盛了一大盘马铃薯。

席间,齐柏林伯爵问起亨利希和艾娃的父母。他想要知道关于他们的一切:他们的身体

怎么样,公司的订货量如何,他们什么时候去度假,等等。亨利希和艾娃则一直想央求叔叔,在接下来的几天里带他们坐一坐飞艇,可是他们一直没找到机会开口。吃完了甜点,齐柏林伯爵突然站起身来。

"我必须再回一趟飞艇棚。"说罢,他大步走向衣架,"几天后,我们要驾驶飞艇进行有史以来最有挑战性的一次飞行。"

"至少再喝一杯咖啡吧。"婶婶劝道,"你太拼命了!"

"你一向说得对。"齐柏林伯爵笑着点点头。但他一刻也没停留,一边说着话,一边戴上了他的船长帽,然后伸手去拉门把手。"我今天会早点儿回来,咱们晚上再好好叙叙旧。"

婶婶将信将疑地望着叔叔的身影消失在门后,眉头紧锁起来。接着,她转向艾娃和亨利希,挤出了一丝微笑,问:"你们俩有什么打算?天气这么好,你们不去沙滩吗?"

"真是个好主意!"艾娃高兴地说道,"我们去游泳吧!"

"您也一起来吗?"亨利希问婶婶。

"我怕热,就不去了。"婶婶婉拒道,"我更想在阴凉处看书。你们想不想带本书去看?"

"好呀!"亨利希回答。艾娃也点头赞同。

"书房就在餐厅正对面,"婶婶指了指走廊里敞开的门说道,"去吧,尽情享受这个好天气!"

亨利希和艾娃迫不及待地离开餐桌,跑进书房里。当看到书房里高高的书架和摆得满满的藏书时,他们惊呆了。书房角落里有一把舒服的摇椅和一张小木桌,桌上放着一个烟灰缸和一

根雪茄，旁边还有一本厚厚的书和一支金色的钢笔。

"看来这里是叔叔最喜欢的地方了。"亨利希说。

他顺手拿起那本书翻阅起来。"显然，我们的叔叔正在研究氢气①的物理属性。毕竟，是氢气为飞艇提供了浮力②，使飞艇悬浮在空中。"他向艾娃解释道。

"给我看看！"艾娃好奇地说。她将书从亨利希手中拿过来的时候，一张纸片从书页间滑落。艾娃捡起纸片，只见纸片上笔迹潦草地写满了字。

"叔叔都写了些什么呢？"她急切地问道，

---

①氢气，比空气轻，并为飞艇提供浮力。氢气具有受热扩散、遇冷收缩的特性。因此，温度过高时必须要排出气体，以避免超压。
②浮力，与重力相反的力，能够使飞艇在空中飞行。最初，是氢气为飞艇提供浮力，但因为氢气是高度可燃性气体，它后来被氦气取代。

"巨人"升空的24小时

"是有关建造飞艇的事情吗?他的笔迹真够难认的。"艾娃把纸片递给亨利希。他们一起注视着纸片上的信息,试着解读上面的字句。

亲爱的海拉：

　　现在当然没有人███我，因为没有人敢往火坑里跳。如果这次试飞失败，███我们可能███。

纸片上都写了些什么呢？

16

二
巨大的挑战

"这上面写的是什么意思?"艾娃问,"看上去似乎有什么隐情。"

亨利希无奈地耸了耸肩。"叔叔和婶婶似乎遇到了很严峻的资金问题。"他若有所思地挠了挠头,"也许婶婶就是因为这件事才愁容满面的。"

"很明显,叔叔不想让他女儿担心,所以一直犹豫着要不要把信写完。"艾娃自言自语道。

"建造飞艇的投入肯定超出叔叔的能力范围了,他已经把自己的全部身家都投进去了。"亨利希摇着头回答,"他投身这个项目很多年了。"

艾娃小心翼翼地把纸片重新放到书页上,合上书,把它放回原处。

"所以,叔叔其实特别担心这次的飞行能否成功,对吗?"亨利希把手插进裤兜儿里,思索着说,"毕竟这不是他造的第一艘飞艇了。"

"可妈妈从没提过他前几次的尝试都失败了吧?"艾娃走向书架,"不管怎么说,咱们刚刚读到的东西也未必属实。不如赶紧挑一本书去湖边吧,我在这里一刻也待不下去了,总觉得我们像是做了什么不该做的事情。"

"擅自读别人的信件确实不对。"亨利希不情愿地承认。他站到艾娃身边,从书架上抽出一本介绍博登湖的画册。两人都找到合适的书后,他们冲上楼梯,跑进自己的房间,把浴巾什么的一股脑儿地扔进大挎包里,随即跑下楼和婶婶告别。婶婶正躺在一张躺椅上,摇着扇子,她祝兄妹俩玩得开心。

湖边离别墅只有十几米远,那里已经是人山人海。当地人和游客们挤在一起晒太阳、玩球、吃冰激凌或者到湖里游泳消暑。兄妹俩找了块空地,铺开浴巾,放好东西,随后去更衣室换好泳衣就冲进了湖里。

"这里真棒呀!"艾娃每游一个来回都得感慨一下。亨利希也很享受这清凉舒适的湖水。游尽兴后,他们再次回到岸上,趴在沙滩上看起书来。下午的时光一晃就过去了。

"老齐柏林真是疯了,完全是个自大狂嘛!"艾娃听到坐在她旁边席子上的一名年轻男子说道。她赶忙用胳膊肘儿碰了碰她哥哥,其实亨利希已经竖起耳朵在听了。

"嗯,可是我很佩服他的勇气和毅力。"男子身边的女伴说道。她穿了一件半长的深色泳衣,

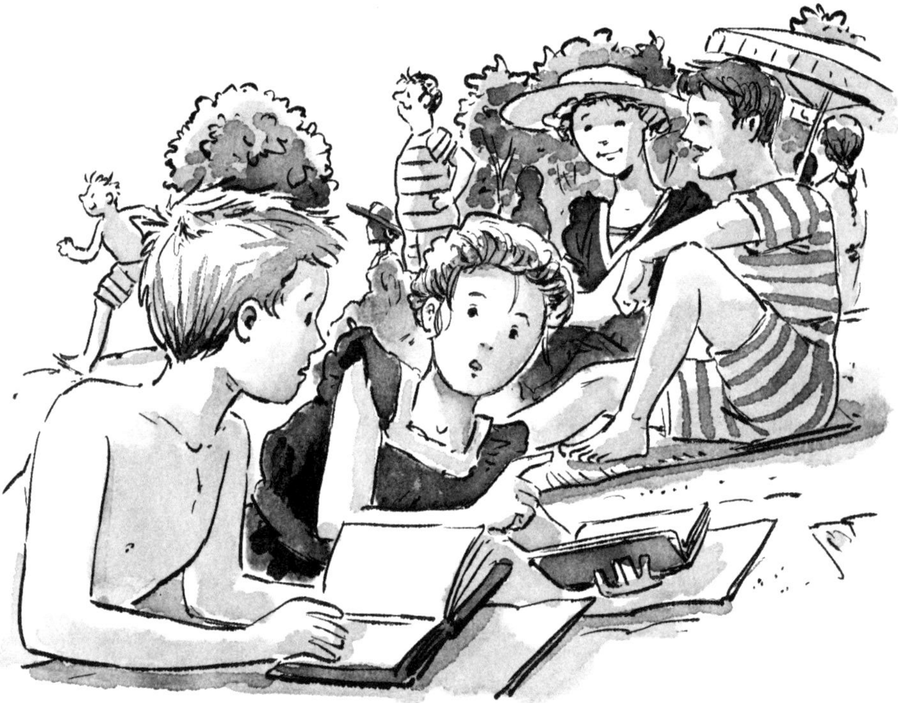

戴了一顶草帽。"乘着那个庞然大物在空中飞行的感觉一定很棒！"

"你居然想坐在那个鬼东西里。"男子用手帕擦着额头上的汗珠儿，"我们都很清楚，齐柏林伯爵的第一艘飞艇被困在了博登湖上，而第二艘被风暴撕碎了。"

"但是第三艘飞艇据说被军方买走了。"女伴反驳道，"我能想象，从空中俯瞰这个世界，轻盈地掠过山川丛林，那感觉一定很美妙。"

"没人能把我弄到那个大家伙上去！"年轻男子说着跳了起来，"我们别再争论了。你还是跟我到湖里游一会儿吧。"他向女伴伸出手，把她拉起来。不一会儿，他们的身影就湮没在湖里的众多游泳者中了。

亨利希把书放到一边，陷入了思考。"我们总算知道，为什么叔叔会出现资金短缺的问题

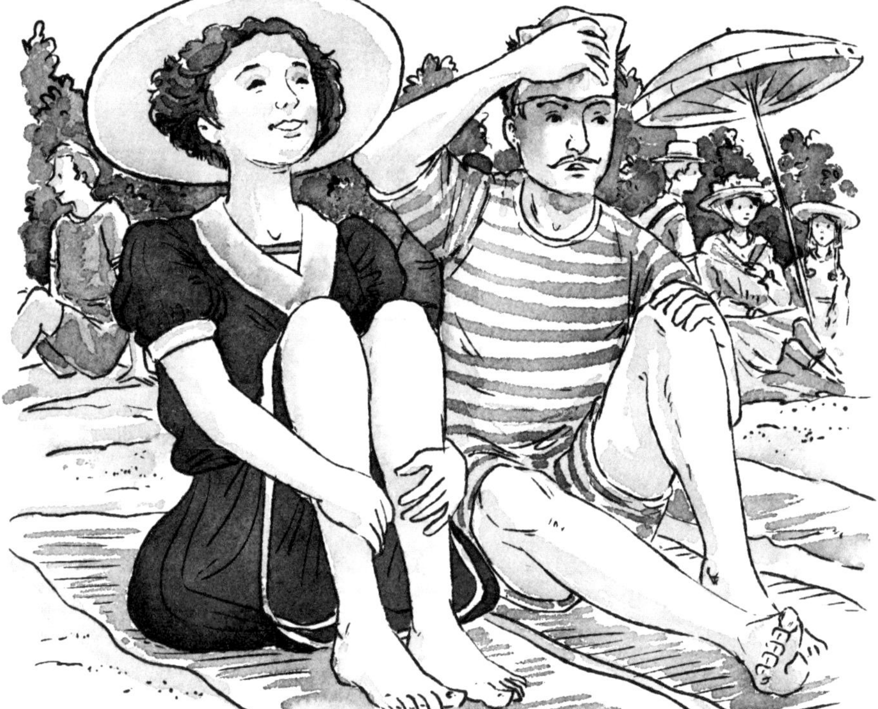

了。"他说。

"这已经是他造的第四艘齐柏林飞艇了。"艾娃震惊地附和,"难怪婶婶这么担忧。单单建造一艘飞艇就要花费一大笔钱,你能想象它需要用到多少材料吗。此外,叔叔还要付工资给他的员工。"

"光是一座飞艇棚的建造费用就已经很高了。"亨利希皱起了眉头。

"现在几点了?"艾娃把浴巾塞进挎包里,"可能已经到晚饭时间了。"

亨利希也收起了他的东西。两人换好衣服,一路沉默不语、慢慢地走回了家。

"艾娃!亨利希!"一看到他的侄子侄女朝别墅这边走过来,齐柏林伯爵从露台上冲他们挥手喊道,"我特意为你们把今晚的时间空出来了。"

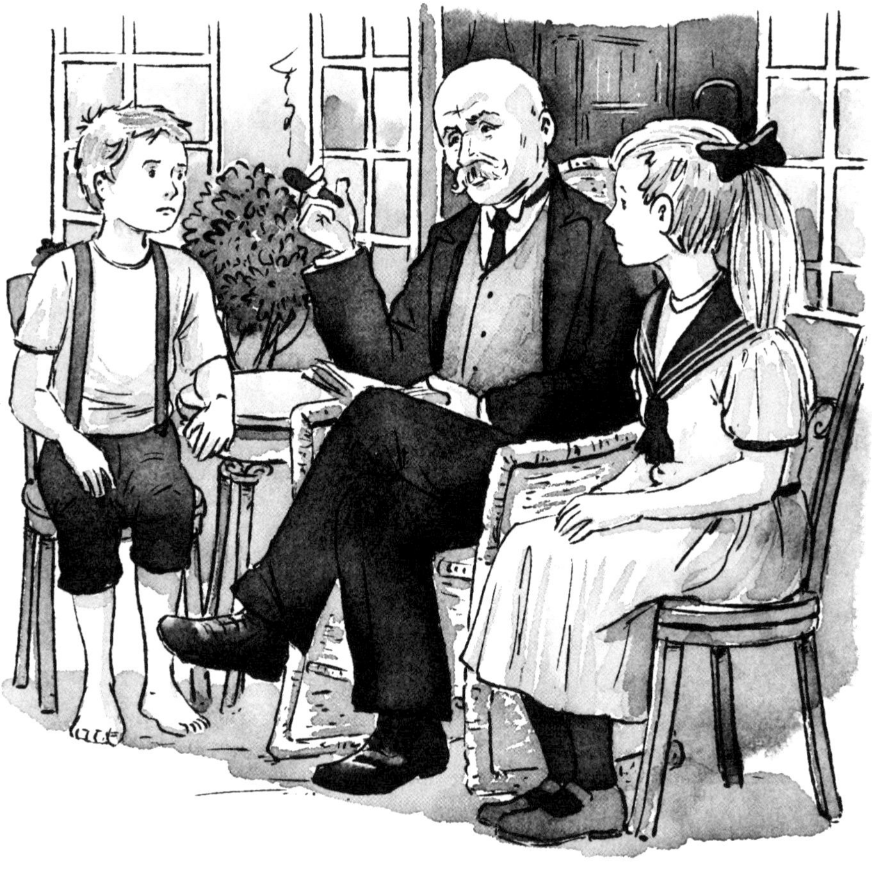

艾娃和亨利希加快脚步来到叔叔身边。他正坐在一把藤椅上,在他的膝盖上放着一本写满数字和公式的册子。

"快过来坐!"齐柏林伯爵指着旁边两张空椅子说。

"您在计算什么呢?"亨利希饶有兴趣地问。齐柏林伯爵犹豫了一下,随即回答:"跟你们说实话吧,即将到来的这次飞行对我来说非常重要。建造一艘飞艇需要很多钱……"他点燃一支雪茄,顿了顿,似乎在寻找合适的措辞。亨利希和艾娃意味深长地交换了一下眼神。

"当前,飞艇研发对一个国家的发展有着重要意义。因此政府想要为我的项目提供资金支持。只是他们对飞艇的飞行性能要求很高——它必须能够在24小时内完成700千米的飞行任务。"

这时,电话铃响了。

"抱歉,失陪一下,应该是部长打来的。"齐柏林伯爵起身说道。进屋前,他把那个册子摊开着放到了桌子上。亨利希看着上面排列整齐的数字,不一会儿,就得到了他想要的答案。

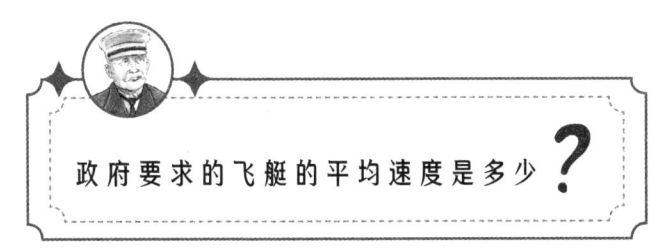

重量：　　　11700　　　$f_{la} = c_{la} \cdot \frac{\rho}{2} \cdot v^2 \cdot \mathcal{A}$

汽油：　　　1500　　　$f_{lu} = c_{lu} \cdot \frac{\rho}{2} \cdot v^2 \cdot \mathcal{A}$

机油：　　　340

水：　　　　660　　　$f_R = \sqrt{f_{la}^2 + f_{lu}^2}$

备用冷水：　150

人：12×90　 1080　　　$c_{la} = \sqrt{c_a^2 + c_w^2}$

　　　　　　15430

　　　b = 16178 kg
　　　t = 13°C
　　　f = 80%

2400 kg

24小时飞行700千米
则平均飞行速度为————

政府要求的飞艇的平均速度是多少？

三
漂浮的飞艇棚

过了一会儿,叔叔搂着婵婵回到露台。"你们猜怎么着,德意志帝国要出钱买下我的整个公司!"齐柏林伯爵喜形于色地宣布,"也就是超过两百万马克。"

"天哪!"亨利希惊呼。

"我一直相信,你一定会成功的!"婵婵亲了亲丈夫的脸颊,高兴地说。

"不过必须要满足刚才提到的条件才行。政府坚持让我提供飞艇的适航性和耐力证明。我必须在24小时内飞到美因茨再飞回来。"

"我们可以一起去吗?"亨利希立刻从椅子

上跳起来问。

"抱歉,这次不能带上你们。这么长的航程是有风险的。比如:突如其来的暴风雨……"齐柏林伯爵解释道。说着,他望向博登湖,晚霞正映照在湖面上。

"至少明天让我们跟您一起去飞艇棚看看吧!"艾娃央求道。

"就这么说定了!现在去吃饭吧,我闻到诱人的烤羊肉味了!"齐柏林伯爵回答。

第二天,亨利希和艾娃一大早就被婶婶叫醒了。他们在餐厅吃早餐时,齐柏林伯爵进来了。"早上好呀!"听上去他心情很不错。

艾娃一边往盘子里盛鸡蛋一边问:"您不坐下来一起吃吗?"

"我早就起床了,已经吃过早饭了。那时候

你们两个小家伙还在呼呼大睡呢!"齐柏林伯爵微笑着回答,"我们五分钟后出发,去曼泽尔的马车已经准备好了。"

"我昨晚激动得几乎没睡觉,终于要去看飞艇啦。"亨利希迫不及待地把餐巾扔到盘子边,站起身来。

"看得出来,你一刻也等不及了。"齐柏林伯爵笑道。

"我准备好啦!"艾娃一边喊着,一边还不忘往嘴里再塞一块面包。

几分钟后,他们坐上了马车。齐柏林伯爵坐在驾驶座上,手里握着缰绳,亨利希和艾娃则坐在马车后座上。

清晨的空气凉爽而清新,兄妹俩兴奋地从马车中向外张望,欣赏着沿途的美景——波光粼粼的湖面和连绵起伏的山丘,以及大片的草地和苹

果树林。马车行驶了几千米之后,一个湖湾出现在他们眼前。

"我们就快到了。看哪,那个飞艇棚多大呀!"亨利希指着伫立在水中央的长条形建筑对艾娃说。

伴随着一声"吁——",齐柏林伯爵勒住了马,将马车停在码头边。他跳下驾驶座,兄妹俩也从马车后座爬了下来。

一艘小船已经在码头边等着他们了。齐柏

林伯爵率先登船,再把艾娃和亨利希拉了上来。不一会儿,他们就抵达了目的地。

"这个飞艇棚是怎么漂浮在水面上的呢?"艾娃下船的时候问道。

"它由许多绑在一起的巨大浮体托着,这些浮体可以承受整个建筑物的重量。"齐柏林伯爵边解释边往前走。

"为什么不在陆地上建造飞艇呢?"艾娃跟在叔叔身后问道,"那样岂不是更容易!"

"如果在陆地上,建造的过程肯定会更容

易,但是要让飞艇起飞就很难了。"齐柏林伯爵解释道,"一个浮动的飞艇棚可以在飞艇起飞和降落的时候转动方向。啊,装配工勃兰登堡先生来了。"他向一个矮小敦实的黑发男子打招呼。那人穿着白色的工作服,正快步穿过飞艇棚向他们走来。

"早上好,齐柏林伯爵!"勃兰登堡先生向他们喊道。

"勃兰登堡先生工作起来不知疲倦。没有他,飞艇研发的进展不会这么快。"齐柏林伯爵说。他们沿着好几米长的飞艇舱体走着,舱体上安装着供机组人员和机械使用的吊舱①。齐柏林飞艇4号(LZ 4②)的气囊③还没充气,它们重重地耷拉在这个庞然大物上,一副派不上用场的样子。

"如果整个飞艇棚可以转动,"亨利希接着刚才的话题继续思考,"飞艇的起飞就可以不受风向的影响,对吗?"

"如果飞艇棚不能转动,遇到逆风的时候,飞艇就无法升空。"艾娃说道。

"完全正确!此外,博登湖是一个绝佳的机场,它是符腾堡的国王借给我的。"齐柏林伯爵

---

① 吊舱为机组人员和发动机等机械提供空间,它们与飞艇的骨架固定在一起。
② Luftschiff Zeppelin 4(齐柏林飞艇4号)的缩写,即齐柏林伯爵所建造的第四艘飞艇。
③ 飞艇的气体存储空间被分割成许多小气囊,这样可以防止因一处裂缝导致所有气体溢出。

补充道。

"这艘飞艇到底有多长?"艾娃问,她快跟不上叔叔的步伐了。

"长度正好是136米,直径13米。"齐柏林伯爵欣然回答。

"13米!那比我们住的别墅还要高出一倍呢!"亨利希惊叹道。他边走边心怀敬畏地向上看去,一不小心撞到了一个高挑瘦削的男人。

"抱歉。"亨利希怯生生地说。

"啊,是沃尔夫先生呀,您来得和往常一样早呀!"齐柏林伯爵率先说道。尽管那个男人看上去还不到四十岁,但头发已经掉光了。在他高高的额头下,一双眼睛炯炯有神,嘴唇上方细细的胡须给他的脸平添了一丝自负的神情。

"各位早上好!"沃尔夫先生提高了声音说道。他仔细打量着兄妹俩,疑惑地扬起眉毛。"我们今天有客人吗?"

"请允许我给您介绍,这是我的侄子亨利希和侄女艾娃,他们来博登湖过暑假。"齐柏林伯爵接着向兄妹俩介绍道,"这位是古斯塔夫·沃尔夫先生,欧洲最优秀的工程师。"

"我来这儿是想提醒您,会面即将开始了,是关于政府委托的飞行任务的!"沃尔夫先生有

些急躁地打断了齐柏林伯爵的话,"部长马上就到。"

"没错!他想跟我单独谈谈。"齐柏林伯爵捋了捋胡子,看向兄妹俩,"你们俩自己在棚里四处看看吧,会面不会持续太久。部长可没那么多时间。"

齐柏林伯爵匆匆向出口处走去,亨利希和艾娃则跟着沃尔夫先生继续沿着通道向前走。在围绕着飞艇搭建的脚手架上,站着数不清的工人,他们正在检查几个铝质骨架。这些人中有一个留着络腮胡子、穿着西装的高个子男人,他正在检查金属拱形结构的焊接点。

"早上好,阿诺德先生。"沃尔夫先生毕恭毕敬地向这个高个子的工作人员问好,"一切都正常吗?"

"一切都好!"阿诺德先生简短地回答后,立

刻又投入到工作中了。

"这位就是本次航程的副指挥官。"沃尔夫先生向兄妹俩介绍道,"他驾驶飞艇的技术几乎和你们叔叔的一样好。"

这时,他们走到一座木质楼梯前,楼梯延伸至上方的吊舱。吊舱被固定在飞艇的浮力舱[①]

[①]浮力舱,齐柏林飞艇的"肚子"。它由铝质支架所构成的骨架组成,外部包附着一种涂层材料。舱体内部有许多彼此分离的气囊,里面填充了为飞艇提供浮力的气体。

下，里面安装着驾驶用的方向盘。与巨大的浮力舱相比，吊舱显得非常小。

"失陪一下，"当亨利希和艾娃提出参观吊舱时，沃尔夫先生说道，"我必须要为前往美因茨的这次飞行做最后的计算。你们的叔叔肯定告知过你们这个项目的重要性。"说罢，沃尔夫先生快步走向一面挂着数张施工计划图的墙。亨利希和艾娃目送着他离开。

"真是个怪人。"亨利希小声对艾娃说。艾娃赞同地点点头。亨利希站到方向盘后面，艾娃则坐到了一张固定在墙上的储物长凳上，想象自己正飘在云端。

"驾驶飞艇一定是一件特别棒的事儿！"亨利希激动地说。被哥哥的兴奋劲儿所感染，艾娃跳起来，站到他旁边。她也想体会一下当指挥官的感觉。

"快看,工程师沃尔夫先生在做什么呢?"艾娃指向那个瘦高的男人,"朝他走去的不是装配工勃兰登巴赫先生吗?"

"是勃兰登堡。"亨利希纠正道,同时他也看到,勃兰登堡先生急匆匆地走向计划图。他在墙上的一个空白处敲了敲,双手叉着腰,迫切地看着沃尔夫先生。沃尔夫先生则无奈地耸了耸肩。

"我猜到勃兰登堡先生为什么对沃尔夫先生发脾气了。"亨利希若有所思地说。

"我也猜到了。"艾娃回答,她的目光始终没离开那两个人。

装配工勃兰登堡先生想从工程师这里得到什么?

41

四
神秘的脚步声

"你认为沃尔夫先生为什么要把计划图藏起来呢?"亨利希轻拍着方向盘问艾娃,"肯定没好事。"

"可能他不想让勃兰登堡先生看到图纸上的内容吧。"艾娃脱口而出。

"这说不通呀。他们是工作伙伴,应该都很在意这次的飞行能否成功。"亨利希分析道,"不过我们刚才没听到他们在争论什么。眼下所有人都过度疲劳和紧张,可能勃兰登堡先生只是因为一些小事而生气。"

"快看!"艾娃指向飞艇棚,"叔叔在压舱袋那边。他肯定在找我们。快走,我们去找他!"

亨利希和艾娃匆忙跑下台阶,差点儿一头撞进齐柏林伯爵怀里。

"你们原来在这儿呀。"齐柏林伯爵笑着冲兄妹俩眨眨眼。尽管他试图掩饰自己的紧张,但微微颤抖的胡子出卖了他。艾娃很清楚叔叔内心的不安。"和部长的会面怎么样?"她问。

"政府催促尽快启动飞艇测试。"齐柏林伯爵回答。他从外套口袋里摸出雪茄盒,拿出一根雪茄,但随即又放了回去——飞艇棚内严禁吸烟。"飞艇将在8月4日飞往美因茨。"

"那就是明天呀!"亨利希激动地喊道,一不小心差点儿被堆在大棚墙边的一捆布料绊倒。

"的确如此。我将驾驶飞艇。"齐柏林伯爵皱起眉头,"不过我还需要其他帮手。如果天气状况不好的话,这趟旅程就不那么容易了。"

"您要带上谁呢?"亨利希好奇地问道,同时用余光观察两个工人如何把绳索拉紧。

"副指挥官阿诺德先生是必不可少的。"齐

柏林伯爵回答,"我不可能连续二十四小时驾驶飞艇。此外,检修发动机的团队当然也要随行,就是工程师和装配工。"

"我们为什么不能一起去呢?"艾娃央求着问道,"我们保证不会打扰您。"

"这次飞行对你们来说距离太远,而且太危险了。"齐柏林伯爵一下子严肃起来,"如果这次的试飞成功了,咱们就安排一次飞越博登湖的旅行。我向你们保证!"

看着兄妹俩垂头丧气的小模样,齐柏林伯爵不禁露出一抹笑意。他安慰亨利希和艾娃道:"我现在要把和部长会面的情况

告知员工们。之后我带你们去参观飞艇的发动机。"说着,他利落地正了正船长帽,"沃尔夫先生和勃兰登堡先生必须和我一起飞,没人比他们更了解发动机了。他们俩肯定在办公室做飞艇的静平衡测试呢。"

齐柏林伯爵一如既往地热情高涨,昂首阔步走在前面。贴着施工计划图的墙后面,有一间充当临时办公室的简易棚屋。当他带着亨利希和艾娃走进来的时候,勃兰登堡先生和沃尔夫先生正坐在两张木桌前。整个房间鸦雀无声,仿佛空气都凝固了。

"飞往美因茨的日期确定了。"齐柏林伯爵平静地说道,"政府希望我们尽快开始。因此,我们明天就启程。"

"怎么是明天?!"勃兰登堡先生惊呼道。

"先生们,我希望你们像往常一样全力以

赴。咱们都很清楚,整个项目正处于危机边缘。如果这次飞行不成功,飞艇项目就走到尽头了。"齐柏林伯爵不为所动地接着说道。

勃兰登堡先生猛地站起来,身后的椅子砰的一声倒在地上。"但在那之前,我们还要填充氢气,拆脚手架,把飞艇棚转到顺风方向……"

"那我们就更不能浪费时间了!"齐柏林伯爵打断了他,"并且我希望您能随行。"

艾娃注意到,勃兰登堡先生的脸色瞬间变得煞白。而沃尔夫先生此时正紧张地挠着脖子,他似乎也被明天启程的计划弄得焦躁不安。

"我就不打扰二位了。请你们把飞行计划通知其他人。"齐柏林伯爵看了一眼表,镇定地说道,"我的妻子肯定在等我吃饭了。我晚点儿会再过来。先生们,我相信你们能够把一切都准备好。"

返回弗里德里希港的路上,齐柏林伯爵和兄妹俩一路无话,甚至在与婶婶一同进餐期间,他也是心不在焉的。不久之后,他们再次坐上马车,返回了飞艇棚。他们沿着巨大的飞艇往里走,飞艇被拳头般粗的绳子吊在天花板上。吊舱被固定在飞艇的外部机身上,用铝质材料加固。当他们走过一个吊舱的时候,齐柏林伯爵停下了脚步。

"对了,我忘记带你们看发动机了。"齐柏林伯爵仰起头,指着上面说道,"从下面看不到那些发动机,因此我们要进到吊舱里面。一共有两个发动机给飞艇提供动力,一个在前舱,一个在后舱。"

"所以,与热气球不同,飞艇是可以驾驶的?"亨利希从叔叔的讲解中得出结论,艾娃在一旁好奇地听着。

"说得没错。"齐柏林伯爵回答。接着,他快步走起来:"要想抵达后面的发动机,我们要先穿过前吊舱的连接桥,从那里能通往飞艇的所有吊舱。"

他们三人爬上一架梯子。当他们站到舱板上的时候，浮力舱的支架处于他们的正上方。气囊里还没有充气。正当他们沿着狭长的连接桥向前走时，突然听到一阵"嗒嗒嗒"的脚步声，似乎有人在他们到来之前急匆匆地跑开了。三人还没来得及听出个所以然，一切又归于寂静。

"谁在那儿？"齐柏林伯爵喊道。他停下来，把手指放到嘴上，示意亨利希和艾娃保持安静。他们一动不动地停在原地。

"怪了。我刚才的确听到脚步声了。"他一边若有所思地说着，一边继续走起来。

又走了几米，他们抵达了一架通向机械吊舱的小梯子。齐柏林伯爵率先爬了下去，亨利希和艾娃紧随其后。

当他们站到这个足足占据了半个吊舱的发动机面前时，亨利希揉了揉额头。"我敢肯定，有

"巨人"升空的24小时

人偷偷来过这儿了。"他喃喃自语,"他跑得太匆忙,结果落了一些东西在这里。"

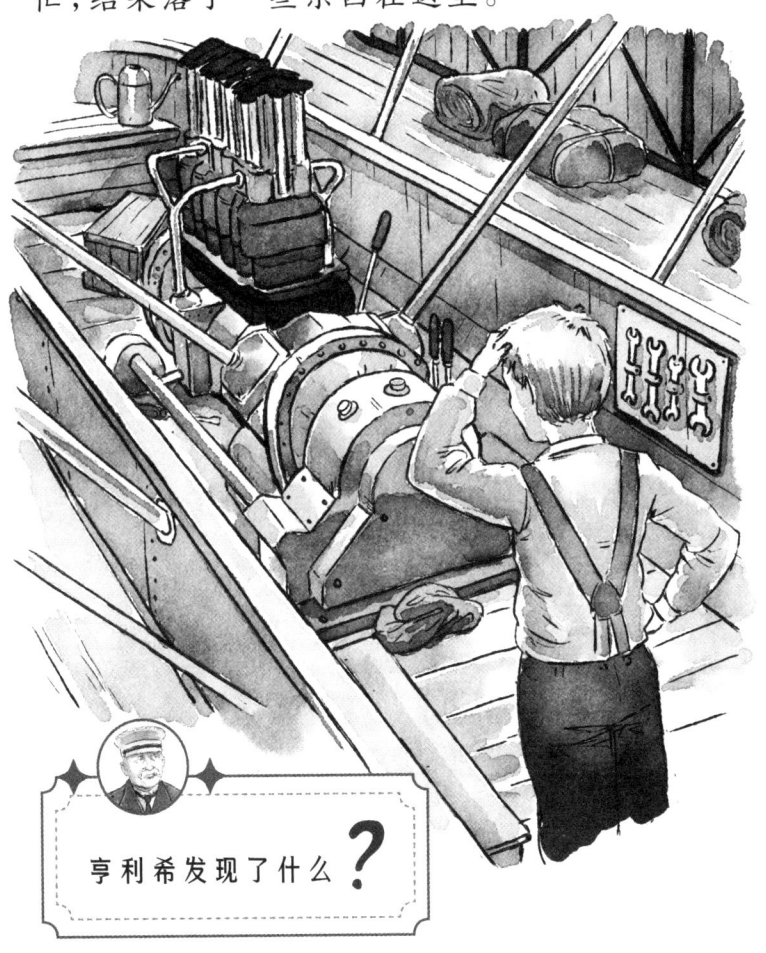

亨利希发现了什么？

五 叛 徒

"你的意思是,由于我们的突然到来,有人把他的工具丢在这里,然后跑了?"艾娃说着,捡起掉在地上的螺丝刀,"可这意味着什么呢?为什么他要逃跑呢?这说不通呀。"

齐柏林伯爵捻了捻胡须,目光在亨利希和艾娃之间游移。"你们俩的想象力太丰富了!"他接着说,语气略带恼火,"这儿没人逃跑,没人有理由这么做呀。"

齐柏林伯爵爱惜地抚摸着发动机光滑的管道。钢质的气缸和排气管光洁锃亮,它们刚被清洗过并上了油。"你们现在正处于飞艇的'心脏'!这些发动机驱动着飞艇侧边的螺旋桨,让飞艇在天空中调转自如。明天我会先去前吊舱的方向盘那儿,在那里操控飞艇。"他语气里充满了向往。正当齐柏林伯爵继续讲解发动机工作原理的时候,上方的舱板突然又传来了脚步声,并且迅速向他们靠近。不一会儿,一双鞋子先映入他们的眼帘,然后是腿,最后他们看到沃尔夫先生顺着梯子爬下来,进到吊舱内。他气喘吁吁地转向齐柏林伯爵。

"《博登湖信使报》的一位记者想

要采访您。"沃尔夫先生筋疲力尽地站在齐柏林伯爵面前,"他正在办公室等您。"

"谢谢您告诉我。"齐柏林伯爵从容地说,"我立刻就过去。"他转身看向艾娃和亨利希,说:"真是抱歉,咱们今天的参观就到这里吧。我得先去处理采访的事。此事关系重大,我们要让报纸向公众对此次飞艇航行做出正面的报道。这样的话,也许我能在不久的将来找到新的赞助商来支持我的项目。"

"可政府不是已经要买下您的公司了吗?"亨利希问道。

"但条件是我能达到他们的要求,"齐柏林伯爵提醒他,"在财务上仰赖他人,且必须满足特定的条件,这样太被动了。"

齐柏林伯爵边说着,边顺着梯子向上爬。亨利希、艾娃和沃尔夫先生紧随其后。他们迅速下了飞艇。当他们路过那些施工计划图的时候，艾娃差点儿和刚刚从办公室出来的勃兰登堡先生撞个满怀。

"齐柏林伯爵先生，"勃兰登堡先生神色慌张地打着招呼，"报社记者已经在等您了。"

接着，勃兰登堡先生跑向那些戴着防护面罩，正在焊接金属拱形结构的工人。

"进展如何？"勃兰登堡先生激动地朝他们喊道，"又出什么问题了吗？"

"一切都好！"一个工人淡定地回答。显然，他对这位上司神经质的举动已习以为常。

"勃兰登堡先生总是紧张兮兮、疑神疑鬼的。"齐柏林伯爵摇着头喃喃道，"再这么忘我地工作下去，他会忘记结婚成家的。"

他按下门把手，和亨利希、艾娃一起走进办公室。一名男子正弯着腰摆弄着一台固定在三脚架上的黑色方形相机。即便天气炎热,他还是穿着长长的燕尾服。此时,他正费力地调整着镜头。当齐柏林伯爵与兄妹俩走到他面前时,他直起身来,说:"恕我冒昧,我是《博登湖信使报》的记者施泰因豪森。我们想要撰写一篇文章,介绍此次政府委托的飞行任务。"

"很高兴认识您!"齐柏林伯爵仔细打量着这位记者,礼貌地回答道,"您等很久了吗?"

"巨人"升空的24小时

"我已经四处转了转,对您的工作有了一定的了解。"说着,施泰因豪森记者从公文包里拿出一个记事本。

"好的。现在我很乐意回答您的问题。请坐!"齐柏林伯爵做了一个请坐的手势。

施泰因豪森记者坐下,拧开一支钢笔。接着,他迟疑地看向亨利希和艾娃。

"我的侄子侄女在场会打扰到您吗?"齐柏林伯爵坐到桌子的另一边,问道。

"不会,不会。"施泰因豪森记者笑笑,"那我们开始吧。您明天要飞,或者更确切地说,要行驶的路线是怎样的呢?"

"嗯,我们会经过沙夫豪森、巴塞尔、斯特拉斯堡和斯派尔,飞往美因茨。"齐柏林伯爵饶有兴致地看着施泰因豪森记者把他的回答认真地记录了下来。

"您担心天气问题吗?"记者翻到新的一页,继续问道。

"从天气预报来看,明天的天气应该不错。一切会照计划进行。"齐柏林伯爵自信满满地回答,"天气预报瓶①里的液体呈现清澈的状态,这预示着晴朗干燥的天气。"

"天气预报瓶的预测准确度高吗?"施泰因豪森记者好奇地问。

"它的预测还是相当可靠的。"齐柏林伯爵回答,"如果天气预报瓶里出现片状的结晶,那我们就不得不考虑降雨的问题。如果出现星星形状的

---

①天气预报瓶,一种装着化学液体的玻璃管。当风暴或者恶劣天气来临时,玻璃管中的液体会出现结晶,天气好时则保持清澈。

"巨人"升空的24小时

结晶,就预示着风暴将至,那对我们而言是最糟糕的天气条件。"

"我听说您的飞艇已经多次遇到麻烦。"施泰因豪森记者将身子向后靠了靠,继续发问,"您如何确定即将开始的这次飞行会成功呢?毕竟,您正面临着人生中最大的挑战。"

"我们从过去的经历中汲取了许多经验教训,而且我们的飞艇建造技术也已取得了长足发展。"齐柏林伯爵坚定地看着施泰因豪森记者的眼睛,"当前航行中最困难的部分就是飞艇从飞艇棚起飞。首先,必须展开筏子。然后要给飞艇注入氢气,再把压舱袋排空。最后,飞艇会像火车在轨道上行进一样向外滑行。"

"不过,飞艇在平衡方面仍存在问题,对吗?"施泰因豪森记者追问道。

齐柏林伯爵愣了一下,但他很快冷静下来,

反驳了施泰因豪森记者的质疑:"这段时间,我们已经熟练掌握了飞艇的平衡——专业术语叫作'配平①'的技术。前后吊舱之间的配重经过了严格的计算。它们的前后移动可以调节飞艇的起飞和降落。并且,飞艇的骨架不会因它们的移动而被破坏。"

"这跟我刚刚听说的不一样呀……"施泰因豪森记者小声地自言自语。他边说,边小心地拧好钢笔,然后问:"最后,我能给您照张相吗?"

"当然!"齐柏林伯爵站起身来,把双手交叉放在胸前。施泰因豪森记者把头伸进相机后面的黑布罩里。闪光灯发出的炫目白光瞬间充斥了整个房间。当施泰因豪森从黑布罩下钻出来的时候,齐柏林伯爵、亨利希和艾娃还觉得眼冒

---

①配平,使水上或空中交通工具进入一个稳定平衡的状态。两个吊舱之间的配重保证了飞艇的爬升、下降或水平飞行,起飞时,该配重向后移,而着陆时则向前移动。

金星呢。

"谢谢您接受采访!"施泰因豪森记者说。他向齐柏林伯爵恭敬地鞠躬道别,并向亨利希和艾娃简单地点了点头。

"我的同事会带您去出口。"齐柏林伯爵打开门,招呼了一个正在给脚手架拧螺丝的工人过来。

当施泰因豪森记者从他们的视线里消失,齐柏林伯爵转身看向兄妹俩,说:"真是个怪人,他怎么如此多疑呢?"

"但愿他对此次航行的报道是正面的。"亨利希说,"很明显,您这儿的一个员工向他透露了一些信息,而施泰因豪森记者似乎正在为他的报道寻找一个吸引公众眼球的话题。"

"如果这是真的,我有理由相信,这儿的工作人员中出了个叛徒。"齐柏林伯爵回答,"我已经明确下令,不能向公众透露任何信息。"

"不过为什么有人要这么做呢?"艾娃难以置信地问。

"暂时还不清楚缘由。不过,咱们倒是能弄清楚在您接受采访之前,谁和施泰因豪森记者一起在办公室里待过,并且有机会和他单独说话。"亨利希忧心忡忡地看着齐柏林伯爵说道。

和施泰因豪森记者一起在办公室里待过的人是谁?

六
危险的计划

"刚才艾娃差点儿和勃兰登堡先生撞上,"亨利希嘀咕着,"他冲出房间的样子就好像在逃跑一样。"

"可是勃兰登堡先生为什么要搞小动作陷害我呢?"齐柏林伯爵难以置信地说,"这没道理呀。"

"沃尔夫先生同样有可能把消息泄露给施泰因豪森记者呀。"艾娃这时插话道,"我们并不知道,那个人是在记者到访的时候说的,还是在这之前私下里跟记者说的。"

亨利希再次想起沃尔夫先生向勃兰登堡先

生隐藏施工计划图时的可疑举动。"叔叔,有些事我们必须要告诉您。"亨利希身旁的桌子上放着一只削好的铅笔、一把尺子和一个圆规,他随手摆弄起了那个圆规,似乎还有些犹豫,"您不在的时候,我们俩登上了驾驶员吊舱,然后……"

突然,门被拉开了。"伯爵先生,请您快来看看!"一个机械工人惊慌失措地喊着,并急切地朝齐柏林伯爵挥着手,"螺旋桨的变速箱卡住了!"

"怎么搞的?!"齐柏林伯爵冲了出去,留下亨利希和艾娃两人在房间里。

"我想,叔叔有麻烦了。"亨利希无奈地耸了耸肩,"我们必须在飞艇起飞之前找出是谁背叛了他。也许叔叔正处于危险之中!"

"你是想在明天之前找出那个人是谁?"艾娃深表怀疑,"这是不可能的!"

"巨人"升空的 24 小时

"如果在起飞前还没找到那个人，咱们就一起上飞艇！"亨利希坚定地说，"那样，我们就能在飞行途中继续探察，没准儿还可以阻止一场

阴谋。"

"可沃尔夫先生和勃兰登堡先生都要随行去美因茨。"艾娃提出异议,"他们实在没有理由背叛叔叔,将自己置于险境。"

"我不确定,但那两个人肯定有问题。我感觉,他们似乎隐藏了些什么。"亨利希回答道,"你还记不记得,沃尔夫先生是如何在勃兰登堡先生面前藏起计划图的?"

"当然!"艾娃皱着眉头承认,"可叔叔不是说不让我们随行吗?咱们什么也做不了呀!"

"那咱们就作为偷渡客上飞艇吧!"亨利希目光坚定地说。

"该怎么做呢?"艾娃震惊地看着哥哥。

"很简单!"亨利希回答,"咱们今晚跟叔叔说,明天想要看飞艇起飞。这样,他明天就会带我们一起来曼泽尔的飞艇棚。然后咱们找个合适的时机,偷偷溜进前吊舱去。到时候现场会很忙乱,肯定没人注意到我们不见了。"

"很简单?!"艾娃震惊地望着哥哥。要偷乘飞艇去美因茨,光是想想这件事,就已经让艾娃有些头疼了。

"叔叔到底在哪儿呢?"亨利希问。他走到门边向外张望。艾娃踮着脚站在他身后,目光越过哥哥的肩膀向外望去。飞艇在棚里静静等待着,就像一只马上要破笼而出的巨大的原始生物一般。

兄妹俩没找多久，齐柏林伯爵就沿着走廊走过来，朝他们挥手。

"是个假警报！"他如释重负地说，"螺旋桨运转正常。只是弹簧需要重新校准一下。这个时候大家都太紧张了，很难冷静地思考分辨。"

"叔叔，"亨利希犹犹豫豫地开口，"我们明天一早儿能过来看飞艇升空吗？"

"当然啦！"齐柏林伯爵正了正他的船长帽，"只要你们保证不做任何傻事！"

"我想，咱们现在得回弗里德里希港了。"艾娃一边岔开话题，一边侧身躲开几个胳膊下面夹着木板的工匠，"婶婶该担心了。"

齐柏林伯爵从外套口袋里掏出他的怀表看了看，点了点头，说："确实，已经很晚了。我带你们回去吃晚饭，晚些时候我再来一趟曼泽尔。"

"巨人"升空的 24 小时

这天夜里,亨利希和艾娃早早上床睡觉了。他们躺在床上,听见窗外的石子儿路上传来一阵马蹄声。

"叔叔骑马去曼泽尔了。"艾娃轻声说,她调整了一下枕头,"叔叔不会有事吧?"

"叔叔一定比他表现出来的更加忧虑。"亨利希在昏暗的光线下回答,"毕竟,飞艇是他的

命呀。"说着,亨利希打着哈欠翻了个身。不一会儿,艾娃就听见旁边传来哥哥均匀的呼吸声,而她自己却平躺在床上,眼睛盯着天花板。他们明天真的要作为偷渡客登上飞艇吗?

"起床啦!"婶婶一大早来叫醒他们。亨利希和艾娃揉着惺忪的睡眼,而当他们想起今天将要发生的大事时,他们立刻从床上跳起来,迅速穿好衣服。两人匆匆忙忙地吞下几个小面包,而斐迪南·冯·齐柏林伯爵正神色淡然地坐在桌前,安静地喝着咖啡。他穿着蓝色的制服,上面缀着金色的条纹,还别了一枚方向盘形状的徽章,这让叔叔看起来十分威严。坐在他旁边的婶婶正紧张地拨着挡在眼前的几缕头发。几分钟后,齐柏林伯爵、亨利希和艾娃就坐上马车,沿着博登湖驶向曼泽尔。

"巨人"升空的24小时

岸上已经聚集了很多前来观看飞艇升空的人。当齐柏林伯爵抵达时，人群中响起雷鸣般的掌声和阵阵欢呼声。但是齐柏林伯爵并没有留意这些。他冷静地停下马车，与亨利希、艾娃一起上了小船，驶向对岸。

飞艇棚里弥漫着既庄重又紧张的气氛，棚里到处都是机械师、工人，他们像蚂蚁一样来来去去地忙活着。

"我们需要很多人！"齐柏林伯爵对他的侄子侄女解释道。在一片喧嚣中，他就像浪花里的磐石一般。"等氢气被注入气囊，飞艇就会沿着轨道滑行，驶出飞艇棚。这个过程中，它会被六十个人用绳索拽着，以确保它不会过早升空。失陪一下，我现在得去为起飞做最后准备了。"说完，他向工人们下达了开启发动机的命令。震耳欲聋的声响随即充斥整个大棚。燃料的臭气

扩散开来,艾娃赶忙用手捂住口鼻。

"咱们现在去前吊舱吧,从那儿上飞艇!"亨利希建议道,他拉着艾娃的手,让她跟着自己。

"走!"亨利希环顾四周,轻轻推了推妹妹。此时,他看到齐柏林伯爵正沿着飞艇巡视着,最后一次检查装满水的压舱袋。"现在正是好机会,咱们必须立刻上去,再晚就来不及了!"

"巨人"升空的24小时

艾娃向四周看了看——所有人都专注在自己的任务上,有的人正拉着绳索,有的人拆除着飞艇四周的脚手架,为起飞做准备。没人注意到这对兄妹。这时,亨利希的目光落在天气预报瓶上。勃兰登堡先生此时正站在它旁边,满脸惊恐。"齐柏林伯爵!"他惊慌地喊道,"您快过来看看!"

一瞬间,亨利希自己也不确定,是不是应该和妹妹登上吊舱了。

亨利希意识到了什么危险?

七 升空

齐柏林伯爵听见勃兰登堡先生的呼喊,匆匆朝他走去。艾娃和亨利希赶忙趁机躲到楼梯后面。当齐柏林伯爵看到天气预报瓶后,他沉默了。犹豫片刻后,他坚定地说:"现在天空晴朗、阳光明媚,没有迹象表明会有糟糕天气。可能天气预报瓶坏了吧。"他仔细地检查了仪表,然后指着上方边缘的一个位置,说:"玻璃上有一处裂缝。"

勃兰登堡先生赞同地点了点头。

"咱们按原计划起飞!"齐柏林伯爵果断地决定。

艾娃不知所措地望向哥哥。

"叔叔不会冒任何不必要的风险。现在万里无云,没有任何迹象表明会有风暴或雷雨。"亨利希说。当齐柏林伯爵和勃兰登堡先生走远去检查气囊的时候,亨利希把妹妹从藏身处拉出来。"我们得抓紧时间了!"

亨利希和艾娃像两只灵活的小猫一般爬上楼梯,溜进了吊舱。亨利希指了指艾娃之前坐过的那个储物长凳。"藏到里面去吧!"他建议道。说罢,他蹑手蹑脚地走过去,把坐凳板掀了起来。兄妹俩赶紧将放在里面的毯子和压舱袋拽出来,随意地扔在地上。长凳中还有些工具,此时也被他们匆忙丢到一边。接着,他们自己钻进了长凳下面的箱子里。为了保证里面空气充足,并且能听见外面发生了什么,他们把一个钳子卡在坐凳板和箱子之间。通过这个狭窄的缝隙,他

"巨人"升空的24小时

们兴奋地眨着眼睛向外张望。远处传来齐柏林伯爵的声音,他正在下达最后的指令。片刻寂静过后,远处传来坚定的脚步声,声音由远及近。他们听到鞋跟重重地踩在吊舱舱板上的声音,船员们一个接一个地登上飞艇。

"一切准备就绪！"阿诺德先生洪亮的声音响起。作为副指挥官,他在前吊舱上待命,这样,他就可以在漫长的航程中为齐柏林伯爵减轻负担。

"飞艇准备起飞！"齐柏林伯爵喊道,"把筏子放置到博登湖上！"

兄妹俩听到了隆隆声。接着,他们感受到一阵剧烈的颠簸。飞艇缓慢地在筏子上滑行起来。

"LZ 4目前位于大棚的西侧,顺风方向。"齐柏林伯爵满意地说。他大声下达命令:"放松绳索！"

负责拉住飞艇的工人们慢慢放松绳子,飞艇缓缓升空,像一只盘旋在池塘上空的蜻蜓。

"完全松开绳子！"当这个庞然大物升到离博登湖面几米高的地方时,叔叔下令。

不一会儿,飞艇完全自由了。飞艇下方安装

的成吨的配重，此时正在下滑。它让飞艇处于适合爬升的倾斜状态。尽管兄妹俩在藏身处几乎无法移动，但他们还是感觉到了从未有过的失重感。只是这幸福的感觉只持续了一小会儿——

"哪个白痴把毯子扔在了地上！"齐柏林伯爵突然咆哮起来，"阿诺德先生，快把东西都放进长凳里去，免得我们有人踩上去滑倒了。我可不想看到谁把腿摔骨折了！"

亨利希和艾娃屏住了呼吸。头顶的坐凳板被掀开了。兄妹俩注视着副指挥官阿诺德先生目瞪口呆的脸。

"什么……天哪……你们怎么上来的……"他挤出一句话来，"你们在这儿找什么呢?"

接着,他转向齐柏林伯爵,说:"报告!发现偷渡者!"

"真是疯了!我们现在可没时间开这种愚蠢的玩笑!"齐柏林伯爵叉开双腿站在方向盘后面怒斥道。他气冲冲地转过身来,装配工们也正惊愕地看着兄妹俩。

"阿诺德先生!你来接手!赶快!"当齐柏林伯爵认出偷渡者是亨利希和艾娃时,他怒吼道。阿诺德先生接管了方向盘,齐柏林伯爵走向亨利希和艾娃,两人此刻脸色煞白。他们的叔叔极力克制着自己的怒火。"赶紧从里头出来!"他咆哮道。

兄妹俩膝盖颤抖着爬出了藏身处。他们还从没见过叔叔如此失态。

"晚点儿再找你们算账!"齐柏林伯爵气得

满脸通红,"你们俩不准离开这里,不许做傻事,听见了吗?"

亨利希和艾娃小心翼翼地放好坐凳板,坐在了上面。齐柏林伯爵叉着腰,摇了摇头,责备地瞪着他们。过了一会儿,他怒气冲冲地转身离开。"我来接手吧!"他一边说着,一边急躁地把阿诺德先生推到一边,"你照顾好那两个孩子。"

兄妹俩愕然地看着彼此,他们知道自己做得太过分了。艾娃哭了起来。

"唉,既然你们都到这儿了,就看看吊舱外面的风景吧。"阿诺德先生建议道。他的愤怒已经转化成了同情,他甚至心里有点儿佩服兄妹俩的勇敢。

兄妹俩靠着护栏向下看去,立刻被眼前的景色深深吸引了。博登湖边欢呼的人群已经变得非常小,连那个巨大的飞艇棚看上去也像是一个小玩具。渐渐地，他们把博登湖甩在身后了。这个庞然大物在水面上投下一片黑色的阴影。他们飘过森林和山丘，终于抵达了莱茵河上空，发动机正发出有规律的嗡嗡声。

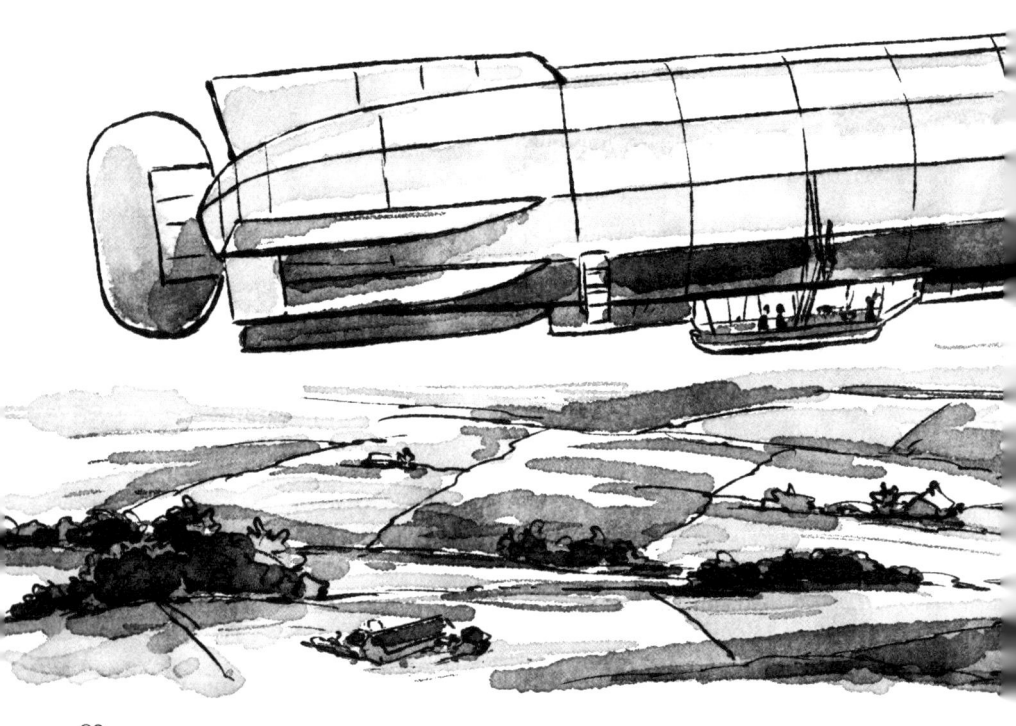

"巨人"升空的24小时

"时间仿佛在此刻停止了一样。"艾娃颇有感触地说,她把手伸向外面,一下子感觉到了一股强烈的气流。

"这样一个庞然大物怎么能如此轻盈优雅地

飘浮在空中呢?"亨利希一脸陶醉地自言自语。

旅程平静地继续着。阳光均匀地洒在他们身上,天空中没有一丝云彩。

"天气太热了!"齐柏林伯爵担忧地望着天空,对阿诺德先生说。他用袖口擦了擦额头的汗珠儿,继续说:"这个温度下,氢气会扩散得极快,我们得尽快排气。"

听到这话,亨利希和艾娃看向太阳,它像一个燃烧的圆球悬在他们头顶。当飞艇靠近沃尔姆斯的时候,发动机均匀的嗡嗡声突然起了变化。

"你听到了吗?"亨利希听到一阵断断续续的隆隆声,急忙转头问妹妹。

艾娃仔细听了听,点了点头,说:"肯定是哪里出了问题。"她看向叔叔,他正忙着和阿诺德先生说话,手在比画着什么。装配工们看上去有些不安。

"现在时间是16:30,气温却比中午还要高!"她听见叔叔这样说。

"别担心。"阿诺德先生为齐柏林伯爵打气,"即便我们要中途降落,时间依然很充裕。"

过了一会儿,连接桥上传来脚步声,沃尔夫先生不安地走进吊舱。

"后方发动机运转异常,油的润滑作用失效了,整个机器现在处于过热状态!"沃尔夫先生喊道。尽管他试图保持镇静,但看起来还是非常紧张。

"氢气在气囊中扩散,推动着飞艇向上爬升。必须赶紧释放气体!"齐柏林伯爵喊道,"我们不能指望用一个发动机去对抗浮力。"阿诺德先生听罢,立刻跑向护栏,执行他的命令。

"发动机为什么坏了?"齐柏林伯爵转向沃

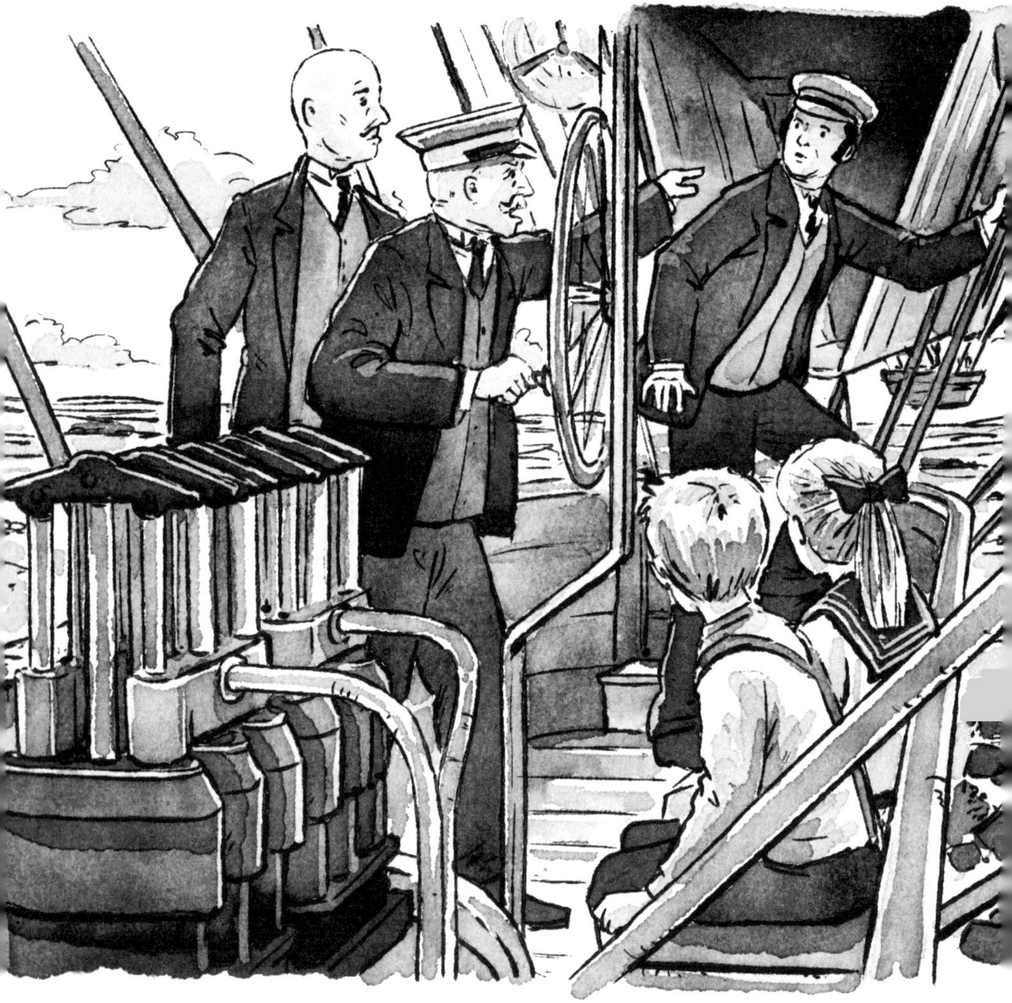

尔夫先生,"起飞前,您不是检修过发动机吗?"

"连我自己也解释不了,为什么油的润滑作用消失了!"沃尔夫先生无力地解释着。

"那您现在回到岗位上去,不管您怎么做,必须让发动机的温度降到正常水平!"齐柏林伯爵命令道,"您就待在后面的发动机吊舱里。亨利希和艾娃跟您一起过去,并定时向我汇报情况。"

亨利希松了口气,轻轻推了推妹妹——他们总算派上点儿用场了。

"勃兰登堡先生人呢?他的工作进展得怎样了?也许他清楚问题出在哪里!"齐柏林伯爵盯着万里无云的天空,继续发着火。

"我不这么觉得,"沃尔夫先生嘟囔着,"作为一个装配工,他应该不知道……"

"您怎么'觉得'对现在的情况毫无帮助。

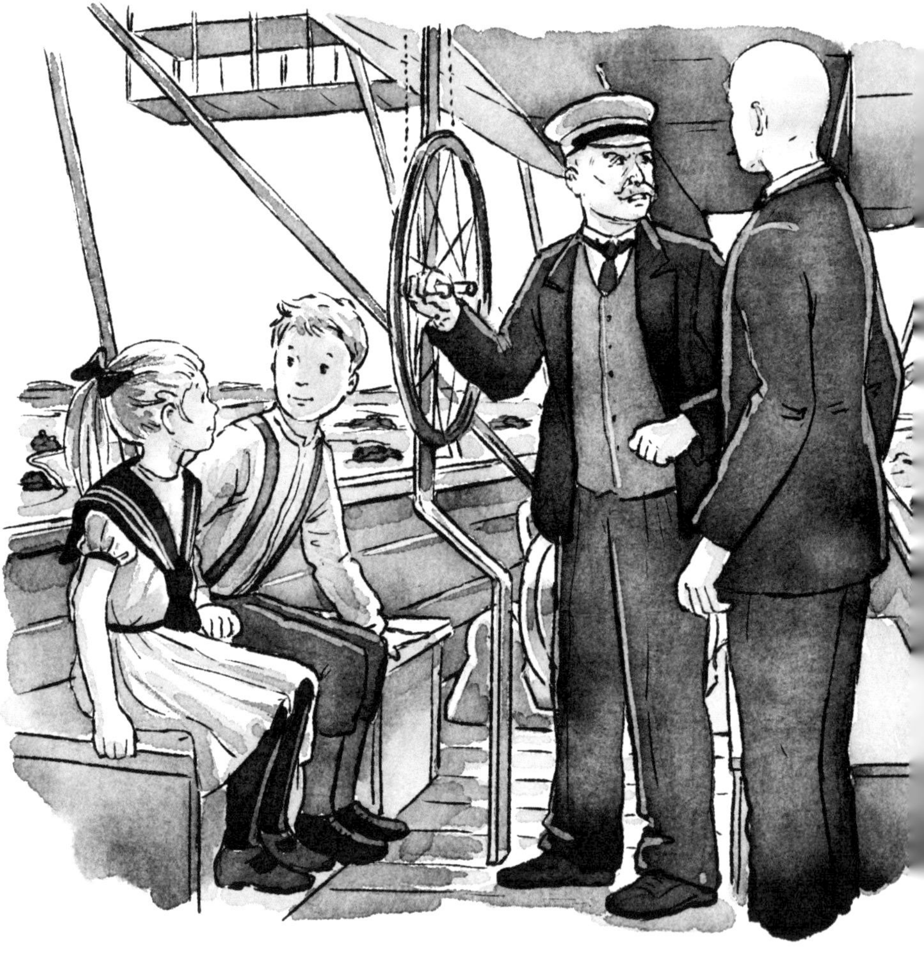

您还是快去忙吧！"齐柏林伯爵说。于是，沃尔夫先生、亨利希和艾娃沿着梯子爬上了连接桥。

"在这儿等着。"当他们抵达在护栏处的阿诺德先生那里时，沃尔夫先生对兄妹俩说。"我先偷溜去吊舱那里。"亨利希向艾娃做了个手势，悄声说道，"看看能不能偷听到沃尔夫先生和勃兰登堡先生聊些什么。"

亨利希跟在沃尔夫先生身后，后者正疾步走向后发动机。为了能听得更清楚，亨利希稍稍凑近入口处。但是，发动机发出的噪声太大了，他只能从两人激烈的手部动作猜测，沃尔夫先生和勃兰登堡先生正在争论着什么。然而，当他再往前靠近一步，并且扫了一眼吊舱内部时，他注意到了一件事。

亨利希发现了什么？

90

八
被迫着陆

不一会儿,艾娃也来到了吊舱。"我等不及了!"她解释道。两人束手无策地盯着吊舱里这台冒着热气、发出隆隆声的机器。机油一滴一滴地落在地板上,那里已经形成了一个小油洼。

"我们和叔叔在发动机下面发现的螺丝刀肯定是勃兰登堡先生的!"亨利希说,"毕竟他是个装配工!"

此时,兄妹俩没时间揣测勃兰登堡先生行为背后的动机。沃尔夫先生在吊舱里不安地忙碌着。他用打湿的布条缠住手指,匆忙地拔开几个塞子查看情况。

"糟糕!"沃尔夫先生咒骂着,大颗的汗珠儿从他的额头上流下来,"发动机为什么会漏了这么多油?!我们必须中途降落,把问题解决掉!"

"我们要不要去通知叔叔?"艾娃咳嗽着问。吊舱里的空气浑浊不堪,令人窒息。

沃尔夫点了点头,说:"要赶紧通知指挥官,让他来决定我们是否降落。"

兄妹俩再次攀上梯子。当他们来到舱板上时,天空已变成深红色,黄昏即将来临。一阵微风吹来,兄妹俩靠在护栏上,大口喘着粗气。

"如果我们因为机器故障中途降落,政府还会资助叔叔吗?"艾娃猛吸了一口新鲜空气。

"我们必须在24小时内完成这次航行。这样,即便我们中途降落,也算满足了政府提出的条件。"亨利希双手紧紧抓着绳索说道。他脚下的舱板在风中摇摇晃晃。兄妹俩尽可能快地向前吊舱跑去。

"发动机怎么样了?"当兄妹俩顶着一身机油和煤灰出现时,齐柏林伯爵焦急地问。

"发动机处于过热状态。"亨利希解释说,"勃兰登堡先生和沃尔夫先生一样束手无策。"

"我们等到天黑,然后就降落。"齐柏林伯爵面不改色地再次眺望远方,操作着方向盘。艾娃和亨利希此刻都不敢再打扰他。夜幕徐徐降临,开始有星星在他们的头顶闪耀。伴随着发动机的隆隆声,他们在夜空中穿行。

"你们看到莱茵河上的灯了吗?"过了一阵子,齐柏林伯爵问道,"那里是尼尔施泰因。我们就在那里降落。"

他转动着方向盘,以此来使这个数吨重的庞然大物转向。"当我们停在空中的时候,"齐柏林伯爵说,同时,他的眼睛一刻也没有离开仪表板,"我们就关停发动机,把氢气排出去。"

几分钟之后,这个庞然大物一动不动地悬在了空中。

"阿诺德先生,请告诉沃尔夫先生和勃兰登

堡先生，关闭发动机，释放氢气！"齐柏林伯爵最终下令。

副指挥官阿诺德先生离开了吊舱，去执行这个命令。五分钟后，一切都安静下来。突如其来的寂静令人毛骨悚然。艾娃和亨利希靠在护栏上，屏住呼吸，观察着飞艇如何缓慢地向下滑行，并最终着陆。河岸上已经聚集了大量民众，尽管天色昏暗，他们还是兴奋地追踪着这个庞然大物的降落。当他们认出齐柏林伯爵时，立刻向他致以热烈的欢呼。人们从四面八方赶来，庆祝这个大事。

"我们要跟机组人员一起修理损坏的发动机，然后迅速复航！"齐柏林伯爵从吊舱里向热情的人群简单地挥手致意后，命令阿诺德先生。接着，他竖起食指，严厉地看着艾娃和亨利希，说："你们俩乖乖在这儿休息。"兄妹俩默默地在

长凳上坐了下来。但在齐柏林伯爵离开吊舱之前，他拿出一条毯子，充满慈爱地盖在两人的腿上。艾娃把头靠在哥哥的肩上，一阵疲惫感突然袭来，亨利希也困得闭上了眼睛。

亨利希和艾娃被发动机重新响起的有规律

的嗡嗡声吵醒，兄妹俩被吓了一跳。紧接着，齐柏林伯爵和阿诺德先生快步走进前吊舱，下令起飞。在众多志愿者的帮助下，飞艇升空，回到前往美因茨的既定航线上。不到半小时，LZ 4就抵达了目的地。它围绕着城市从东到西画了个半圆飞行，然后调转方向，踏上返程之路。下方的铁路线亮着灯，为飞艇在黑暗中指引着方向。正当他们以较缓速度靠近曼海姆时，一阵吱吱嘎嘎的声音传来，宣告了一个新故障的出现。

"又一个发动机故障！"齐柏林伯爵咆哮起来，他用手掌愤怒地拍打着方向盘，"这怎么可能呢！"亨利希和艾娃被吓坏了。他们下方的树林像是突然变成了巨大的深渊，而田地变成了恐怖的深坑。

"但愿这趟旅程早点儿结束。"艾娃悄悄对哥哥说道，然后用毯子把自己裹得更紧了。

"叔叔清楚他在做什么。"亨利希冷静地按住妹妹的手。

"有一股风从西南方向刮过来!"齐柏林伯爵朝阿诺德先生喊道,"风险太大了。在发动机损坏的情况下,我们应付不了这股风。"

"我们又要降落了吗?"阿诺德先生紧张地问。

"是的。我们在埃希特尔丁根那里降落。"齐柏林伯爵简短地回答。

又向前飞行了几千米之后,氢气被排出,庞然大物又一次被迫飘落回地面。

"阿诺德先生,您现在离开飞艇,从弗里德里希港订购新的氢气送来!我们的储备已经全部用光了。"齐柏林伯爵命令道,"我会修复发动机故障。亨利希和艾娃,你们可以去帮着那些人把停泊用的绳索拉下来,并固定在地面上。"

所有人一起离开了吊舱,去完成各自的任务。兄妹俩、沃尔夫先生以及勃兰登堡先生几人还没来得及把粗缆绳放下来,人们就从四处拥来。有工人、农民还有士兵,他们从远处就看到飞艇了,它宛如即将到来的晨曦中的一块黑斑。无数的志愿者一起帮忙把这个巨物固定在桩子上。很快,这个庞然大物就稳稳地停下了。齐柏林伯爵很快被人们围住了。亨利希和艾娃躲在人群后,他们觉得,最好还是等到叔叔的怒气消了,他们再出现在他面前。两人拖着疲惫的身子溜达到飞艇的另一边。

突然,艾娃愣了一下,停下了脚步。"那后面有人!"她低声告诉哥哥。

一个男人躲在飞艇的阴影中,他正跪在地上,不知在对绑好了绳索的桩子做什么。

"那个人是谁?"亨利希紧紧抓着妹妹的袖子,"你认得出他是谁吗?"

"是的,我认出他了!"艾娃低声说道。

那个男人是谁?

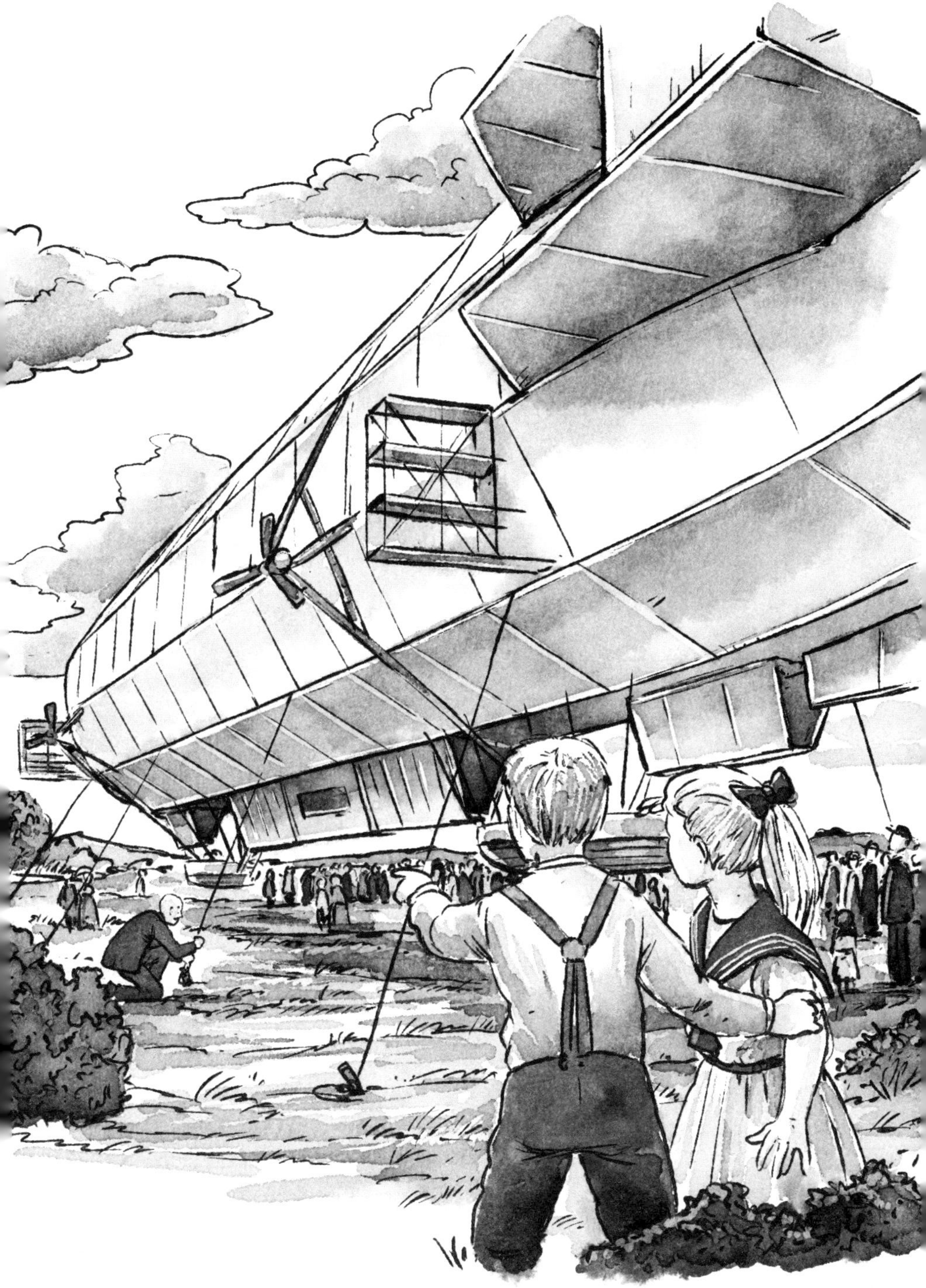

九
倒霉的一天

"我也认出他是谁了!"亨利希目瞪口呆地盯着那个男人。乌云遮蔽了初升的太阳,让他们的视线变得模糊起来。

艾娃眯起眼睛,疑惑地说:"他在做什么呢?把那些桩子松开吗?"

"无论如何,咱们必须通知叔叔!咱们早该告诉他,沃尔夫先生的行为有多奇怪了。"亨利希牵着妹妹的手,拉着她跑去飞艇的另一边。那里已经聚集了很多人,还支起了不少摊位,像是在庆祝什么节日一样。

"叔叔在哪里呢?"艾娃边说边后退了一步,

一不小心踩在了一位女士的系带靴子上。

"哎哟!"那位女士气冲冲地喊道,"看着点儿,小丫头!别这么挤来挤去的!你是想看一眼齐柏林伯爵吗?不过他已经不在这里了。"

"不在这里了?"亨利希吃惊地问。这时,他看到阿诺德先生一边四处张望着,一边使劲拨开人群挤出一条路来。

"你们在这儿呀!我到处找你们呢!"副指挥官阿诺德先生冲着他们喊道,"你们的叔叔去赫希旅馆了,他要从那里打电话给政府,汇报当前的进展。之后,他想要休息一下。他已经筋疲力尽,经不起折腾了。"

"你们的叔叔?"那位女士惊诧地看着亨利希和艾娃,但她很快被一个男人拽走了。

亨利希紧皱着眉头。艾娃知道他在想什么。他们应该把自己的怀疑告诉阿诺德先生吗?

"请问您是副指挥官吗?"这时,一位穿着白色紧身夏装的女士带着优雅迷人的微笑问道。她上前一步靠近阿诺德先生,打量着他外套袖子

"巨人"升空的 24 小时

上的金色条纹。

"如果您不介意的话,可以叫我阿诺德!"阿诺德先生先是挺了挺胸,接着鞠了一躬,回以微笑。

"跟我聊聊您的这次旅行吧……"女士挽起他的手臂,拉着他走向附近的一个水果摊儿。

"阿诺德先生现在正忙着呢!"亨利希说。他看着两个人的背影,这才意识到自己有多饿。"我们去吃点儿东西吧。"

艾娃赞同地点了点头。她的肚子也已经咕咕叫了。他们找到了一个卖香肠的摊位,加入了等候的长龙。煎肉的香气冲进鼻子,引得他们口水直流。

"你觉得有多少人聚集在这里呢?"亨利希环顾四周,"肯定有几万人了。"

"快看!"艾娃指着天空,惊恐地捂住嘴巴。黑压压的云层气势汹汹地悬在他们头顶。几秒钟后,一股强风刮来,横扫整片草地。此时,突然传来惊恐的呼喊声。

"我们得赶紧去飞艇那里!"亨利希顶着狂风竭力地喊道,紧接着跑了起来。当兄妹俩靠近那个庞然大物的时候,他们稍稍松了口气。因为已经有很多民众和士兵聚集到绳索那里。他们使劲拉住绳索,试图用自己的体重把飞艇拽回到地面上。

"巨人"升空的 24 小时

艾娃和亨利希也拉住一根绳子。可他们刚拉紧,绳子就啪的一声断了。兄妹俩猛地向后翻倒在地。亨利希吃力地站起来,手里还攥着那截儿断掉的绳子。

"这么结实的绳子怎么说断就断了？"艾娃恍恍惚惚地站起来。她的头发和衣服在风中飘飞，她自己也要很努力才能站直身子。

"绳子是被割断的！"亨利希生气地说，他把绳子光滑的断面指给妹妹看，"是沃尔夫先生干的吗？"

艾娃既没有回答哥哥的问题也没有研究绳子，而是盯着另一个方向。亨利希顺着她吃惊的目光望去，看到勃兰登堡先生正站在两个士兵中间。那两个士兵竭尽全力地扯着停泊绳索，试着将飞艇拉向地面。勃兰登堡先生却走到其中一个人面前，粗暴地将他推到一边。那名男子失去平衡，一头栽倒在地。接着，勃兰登堡先生又去推另一个人，那人一脸惊疑，完全忘记了反抗。

"他疯了吗？"亨利希愤怒地吼道，并朝着勃兰登堡先生跑去。但还没等他跑到勃兰登堡先生那里找他对质，突然又刮起了一阵狂风，把飞艇猛地扯向空中。有几个正拽着绳子的人也一并被吹飞起来，直到他们松开手，才狼狈地摔回地面。巨大的飞艇继续向上飞，直到尾部被周围的树挂住。巨大的红蓝色火苗蹿了起来。浮力舱外罩的布料几秒钟就被烧毁，露出铝质骨架。惊恐的喊叫声响彻整片草地，人们无助地四散奔逃。一瞬间，节日的狂欢变成了一团糟。树梢上挂着飞艇光秃秃、被烧弯的骨架。伴随着巨大的咔嚓声，它最终断成两截儿，掉落下来。亨利希吓得瘫坐在地，眼睁睁看着这个庞然大物烧成灰烬。

齐柏林伯爵匆匆赶了回来。此时，天空下起了雨。亨利希和艾娃悲伤地看着这一幕：叔叔浑身湿透，站在耗费了他毕生心血的作品的废墟面前。他的脸上毫无血色，嘴唇颤抖着。"我是一个失败者！"他喊道。

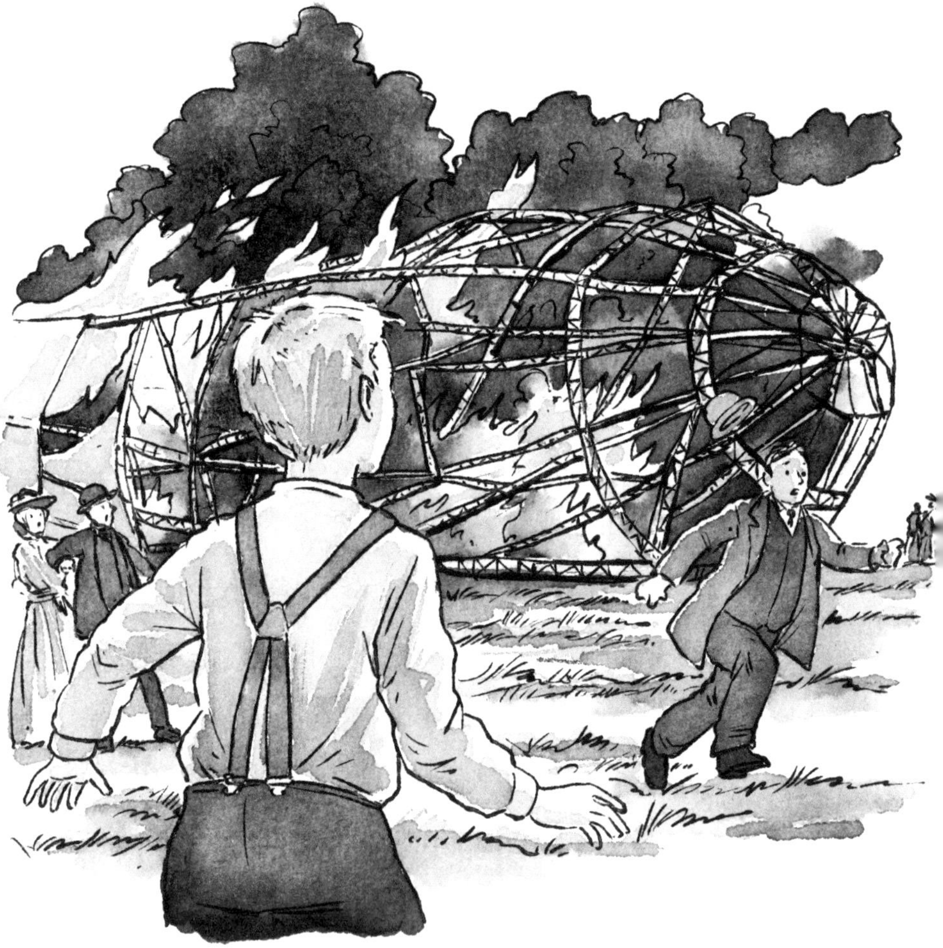

看着叔叔绝望的神情,愤怒突然占据亨利希的头脑。勃兰登堡先生在哪儿?为什么他要阻碍对飞艇的救援?为什么他要推倒那些齐心协力拉住飞艇的士兵?亨利希与艾娃睁大了眼睛四处搜寻着,发现离他们几步之遥有一个矮小的身影,正混在人群中匆匆逃离。"跟上去!"亨利希朝妹妹喊道,立刻跑了起来。

他们保持着一定距离,跟着勃兰登堡先生一路跑到树林边缘。只见勃兰登堡先生偷偷地向四处张望了一下,接着,悄悄把手伸进外套,从内兜里掏出了什么东西。然后,他往树林里走了几米,把这样东西草草扔进灌木丛。做完这些,他悄无声息地返回草地,消失在愤怒的人群中。

"让我们看看勃兰登堡先生藏了什么东西!"亨利希说着,和妹妹一起穿过湿漉漉的草地跑向树林。很快,艾娃就有了发现。

艾娃发现了什么?

十
绑架

"所以,是勃兰登堡先生割断了绳索!"亨利希震惊地说。他从艾娃手中拿过刀子,仔细地观察着。"他并不想拯救飞艇,而是想毁了它。除此之外,再也找不到别的理由解释他的行为了。"

这时,勃兰登堡先生突然从一棵树后跳出来,冲到兄妹俩面前。"我早就料到了!"他喊道,一把揪住艾娃的衣领,"你们一直监视我,狗拿耗子多管闲事!"他揪着艾娃来回晃着,就像摆弄一个被雨打湿的布娃娃。

亨利希不假思索地冲到他面前,威胁性地举起刀子:"快放开我妹妹!"

勃兰登堡先生把艾娃往湿漉漉的地上一扔，猛地扑向亨利希。他想用这个出其不意的举动夺下亨利希手中的武器，不料，刀子却被撞飞出去，扎进泥泞的土里。亨利希趁机朝着勃兰登堡先生的小腿内侧狠踢了一脚。艾娃不知所措地看着这场战斗，挣扎着站起来。

"快去找叔叔！"亨利希朝妹妹喊道，他正试着摆脱勃兰登堡先生的控制。艾娃穿着湿透的衣服在泥泞不堪的树林里拼命向前跑去。

勃兰登堡先生犹豫了一下。他应该去追赶

那个女孩吗?

眼看艾娃的身影消失在视线中,亨利希松了口气,用手臂擦了擦脸上的雨水。趁着亨利希放松警惕的瞬间,勃兰登堡先生两三下制服了他。他扯住亨利希的上臂,拖着他往树林深处走去。

"您无论如何都不会得逞的!"亨利希奋力地反抗着,试着在湿软的地面上尽可能地留下显眼的痕迹,"艾娃很快就会带着援兵回来了。"

勃兰登堡先生迅速将亨利希的手臂别到身后,粗暴地推着他。"闭上嘴!"他恶狠狠地吼道,并死死扣住亨利希的手腕。

"嗷呜!"亨利希疼得喊出了声,不由自主地向后退。勃兰登堡先生被一条树根绊了一下,滑倒在地,扣着亨利希的手松开了。亨利希飞快地转身,跑到附近的灌木丛后面。

"别做傻事,小子!"勃兰登堡先生讥笑道。

两人在大雨中对峙着。

"但愿艾娃能尽快回来!"亨利希绝望地想着,手腕处传来一阵剧痛,"如果勃兰登堡先生扑向我,我就完了!"

"亨利希!"齐柏林伯爵的声音此时响彻整片树林,"你在哪儿呀?"

"我在这儿!"亨利希一边盯着勃兰登堡先生的动静,一边大声回应。当听到大家的脚步声逐渐靠近自己时,他终于放下心来。

不一会儿,齐柏林伯爵、艾娃、沃尔夫先生和三名士兵一齐赶到了。

"逮捕他!"齐柏林伯爵命令道。士兵抓住勃兰登堡先生,他激烈地反抗着。不过,士兵人数更多。他们制服了他,并迅速给他戴上了手铐。

"您为什么要割断绳子?"齐柏林伯爵走近

"巨人"升空的 24 小时

勃兰登堡先生,语气严厉地问道。他感到极度失望:"您难道想毁了我吗?"

"不是您,而是德国的飞艇项目!"勃兰登堡先生愤怒地朝地面啐了一口唾沫,回应道。

"那么您确实是一名间谍?"沃尔夫先生屏住呼吸问道。他摸了摸自己被雨水打湿的胡须,

说:"看来我猜对了。"

"我为英国政府做事。"勃兰登堡先生冲沃尔夫先生轻蔑地哼了一声。

"这就是您向勃兰登堡先生隐瞒计划图的原因吗?"艾娃转向沃尔夫先生问道,一阵寒意蹿上她的脊背,"您不想将工程技术泄露给勃兰登堡先生,因为您怀疑他是间谍?"

"是的。"沃尔夫先生惊讶地回答,"不过你是怎么知道的?"

"我们看见您和勃兰登堡先生在办公室门前的争吵了。"艾娃解释道。

"不过英国政府为什么偏偏对飞艇项目感兴趣呢?"亨利希加入谈话。

"飞艇在战争中可以用来对付敌军。"勃兰登堡先生回答,"我的任务就是观察并伺机破坏齐柏林伯爵的工作。因此,我才设法损坏了发动

机的供油系统。"

"但是,当您知道自己也要随行后,您又想修复损坏的部分。"亨利希若有所思地说,"因此您偷偷潜入发动机吊舱,想要修好那台机器。但我们的意外到来打断了您原本的计划,您忙着逃跑,结果把螺丝刀落下了。"

勃兰登堡先生沉默着点了点头,雨水顺着他的衣领流了下来。

"后来您弄坏了天气预报瓶,试图推迟飞艇起飞。您想要让我叔叔无论如何都满足不了德国政府的条件,也得不到资金支持。"艾娃浑身打着冷战说道。突然间,雨势变小了。温暖的阳光刺破乌云射向地面。

"那您又为什么跟施泰因豪森记者透露那些问题呢?"齐柏林伯爵神情专注地继续问道。

"您的想法在民众间很受追捧,我必须阻止您找到私人投资者来赞助这个项目。因此,我要浇灭国内民众对此项目的热情,向大家指出飞艇航行的危害和风险。"

齐柏林伯爵看着勃兰登堡先生,摇了摇头,说:"飞艇的诞生是必然的,没有我也会有其他人把它建造出来。它已经在民众的头脑中扎了根,没人能改变这个事实。"

"在我看来，您的行为从一开始就很奇怪。"沃尔夫先生竖起食指，激动地说，"您太热衷于了解那些和您的工作不相干的细节了。您不断地在我周围晃来晃去，试图获取更多跟您无关的信息。"

"可是，您为什么没跟我提起过您对勃兰登堡先生的怀疑呢？"齐柏林伯爵转向沃尔夫先生问道。

"因为这些只是我个人的猜想，并没有证据。"沃尔夫先生解释道，"我不想贸然指控任何人。毕竟，我也有可能弄错了。"

"可您为什么要松开桩子？"艾娃问。

"松开桩子？你为什么会这么想？我意识到有人拔掉了桩子。这就证实了我的猜想，我们之中确实有叛徒。但我还不知道他是谁。勃兰登

堡先生隐藏得很巧妙。"沃尔夫先生挑起眉毛说道。齐柏林伯爵叹了口气,看向被冻得直哆嗦的侄子和侄女。

"我们需要些干毛巾把身上擦干,否则大家都要感冒了。我们去赫希旅馆吧。那里肯定有热腾腾的汤!"齐柏林伯爵对亨利希、艾娃和沃尔夫先生说道。接着,他转向士兵们,说:"请你们把勃兰登堡先生押走吧。"

当齐柏林伯爵走出树林,无数男女老少正在草地上等待着他。当他们认出走来的人是齐柏林伯爵时,全场突然安静了片刻,紧接着爆发出雷鸣般的掌声。

"加油!别放弃呀!"一名工人一边喊着,一边从裤兜里掏出自己的钱包扔给齐柏林伯爵。齐柏林伯爵眼含热泪接过钱包,把它高高举起,喊道:"感谢大家的信任,我向你们保证,飞艇必

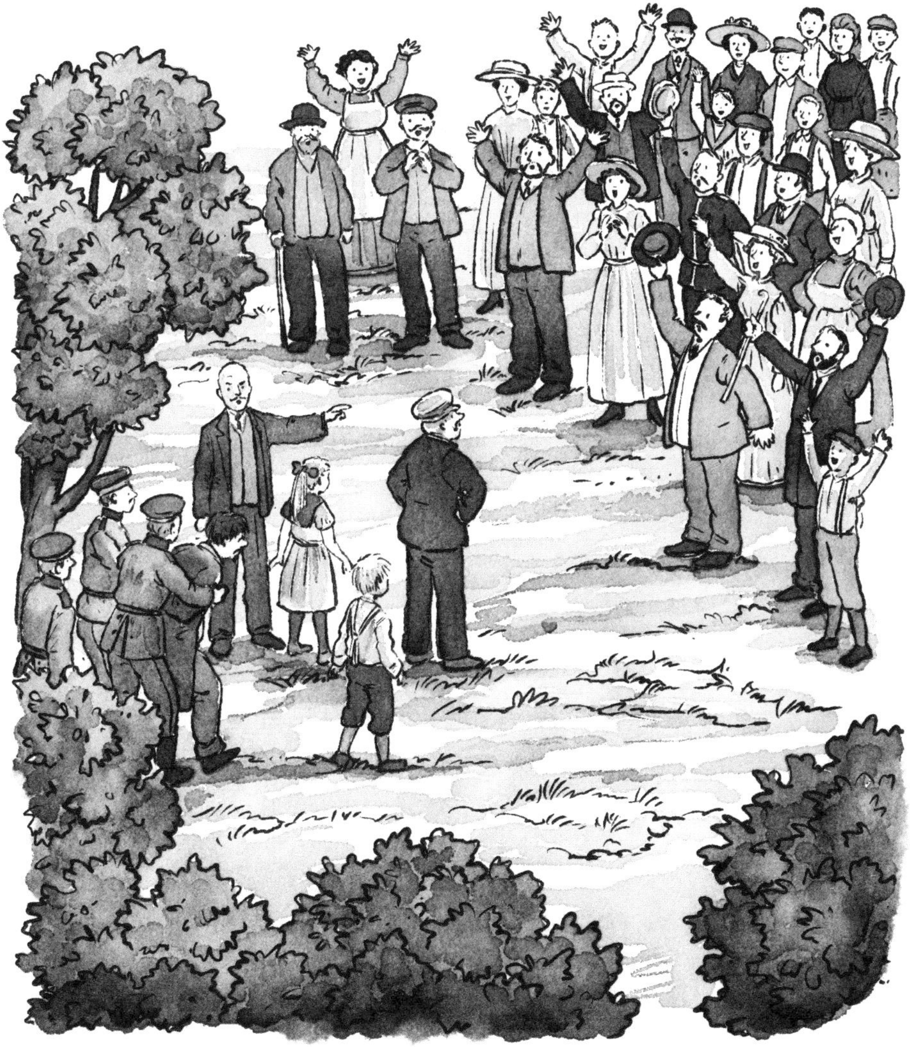

将继续航行！"

人群中爆发出热烈的欢呼声。"齐柏林飞艇万岁！"一位女士喊道。"齐柏林飞艇万岁！"人们的应和声此起彼伏。

亨利希和艾娃相视一笑。一切终于尘埃落定了！在下一次旅程中，叔叔一定会带上他们，而这一次，他们将是真正的乘客！这一点他们确信无疑。

答案

一 / 银色雪茄

"亲爱的海拉：

现在当然没有人肯帮我，因为没有人敢往火坑里跳。如果这次试飞失败，我们可能就完了。"

二 / 巨大的挑战

将700千米平均分配到24小时当中，飞艇每小时的平均速度大约是29千米。

三 / 漂浮的飞艇棚

沃尔夫先生从墙上摘掉了一张计划图，藏在了他的包里。

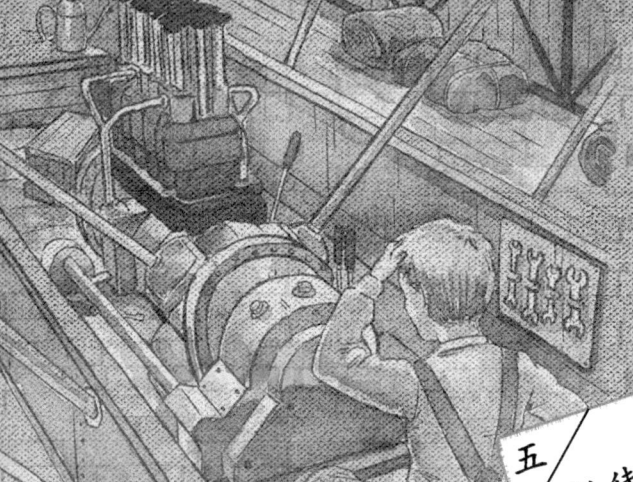

四
神秘的脚步声
亨利希在发动机下方发现了一把螺丝刀。

五
叛徒
勃兰登堡先生冲出了办公室,而施泰因豪森记者正在那里等待着齐柏林伯爵。他完全有机会在齐柏林伯爵接受采访之前和记者聊几句。

六
危险的计划
勃兰登堡先生身边架子上的天气预报瓶里出现了小星星形状的结晶。这意味着一场风暴即将到来。

126

七／升空

勃兰登堡先生身后墙上的中间部分缺少一把螺丝刀。

八／被迫着陆

那是沃尔夫先生。艾娃借由他的光头认出了他。

九／倒霉的一天

艾娃在灌木丛里发现了一把刀子。

斐迪南·冯·齐柏林生平大事年表

1838年　斐迪南·冯·齐柏林出生在博登湖畔的康斯坦茨。他与兄弟姐妹们在吉尔斯堡城堡长大。

1853年　齐柏林就读于斯图加特高等技术学院。

1855年　齐柏林成为路德维希堡军官学校的学员。

1858年　齐柏林成为符腾堡王国军队的少尉,并开始在图宾根大学学习政治学、机械工程学和化学。

1863年　齐柏林作为观察员经历了美国内战。

1866年　齐柏林成为总参谋部军官。

1869年　齐柏林与伊莎贝拉·弗莱因·冯·沃尔夫在柏林结婚。

1870年—1871年　普法战争期间,齐柏林因其出色的侦察工作声名大噪。
1879年　女儿埃莱娜(海拉)出生。
1891年　齐柏林因不当言论从军队退伍。
1898年　"可驾驶的飞行器"申请专利。
1899年　第一艘可驾驶的硬式飞艇建造完成。
1900年　齐柏林1号(LZ 1)三次飞越博登湖。
1906年　齐柏林2号(LZ 2)建造完成,但在第一次飞行中被风暴摧毁。
1908年　齐柏林因齐柏林3号(LZ 3)的成功飞行获得皇帝的青睐,并被任命为骑兵将军。军政府买下了飞艇。同年,LZ 4在埃希特尔丁根失事。
1909年　齐柏林飞艇制造有限公司成立。齐柏林飞艇被正式投入民用航空。
1917年　斐迪南·冯·齐柏林于柏林逝世。

斐迪南·冯·齐柏林
——飞艇"神话"缔造者

齐柏林与飞艇航行

斐迪南·冯·齐柏林出身于富裕家庭,并在幼时就开始接受家庭教师的专门辅导。青少年时期,他就对技术非常感兴趣。

17岁时,他以军校学生的身份开启了军旅生涯。三年后,他晋升为少尉。此外,他还在图宾根大学学习了政治学、化学和机械工程学三个专业的知识。

齐柏林在北美居住了很长时间,在这期间,他第一次乘坐了热气球,这激发了他研究"可驾驶的飞行器"的灵感。

结束了他的军旅生涯后,齐柏林全身心地投入到"可驾驶的飞行器"的研发当中。尽管最初遭遇挫折,但齐柏林没有放弃。他将全部心血都花在了飞艇研发上。

齐柏林在77岁高龄时进行了最后一次飞行,几年后死于肺炎。

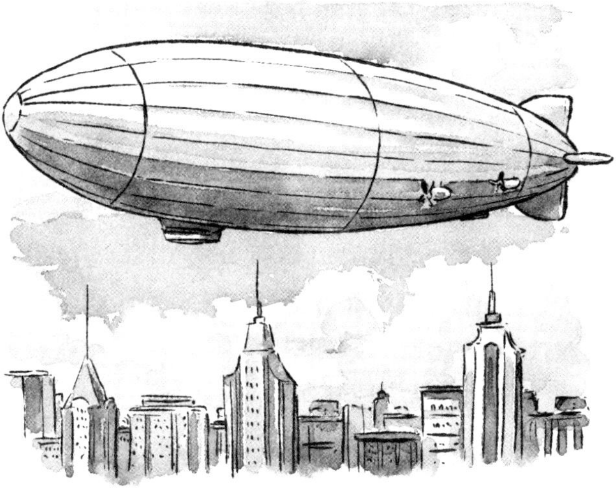

齐柏林飞艇有限责任公司

　　1908年8月5日,齐柏林的第四艘飞艇在埃希特尔丁根附近的草地上失火。齐柏林当时已经将自己的全部资产投入到飞艇研发中,亲眼看到这个庞然大物被烧毁时,他认为自己肯定破产了。然而,"埃希特尔丁根的倒霉日"激起了人们为他捐助的热潮。这场自发的筹款活动最终为齐柏林带来了六百多万马克。借此,齐柏林伯爵得以创立齐柏林飞艇制造有限公司和齐柏林基金会。

　　至1914年,德国飞艇旅行公司已经进行了超过1500次飞行,运送人数总计35000人。之后,"银色雪茄"被飞机取代。但直到今天,仍有很多人在一睹飞艇风采后被深深吸引。

　　人们可以在位于弗里德里希港的齐柏林博物馆里了解到许多有关齐柏林及其所处时代的趣闻逸事。该博物馆拥有全世界最丰富的关于齐柏林飞艇航行技术和历史的收藏,非常值得一游。

齐柏林去世后的飞艇业

　　飞艇航行并没有随着齐柏林的去世而终止。1924年,一艘飞艇飞越了大西洋;1929年,一艘齐柏林飞艇甚至环游了世界。飞艇旅行变得愈加舒适、方便。尤其是在20世纪30年代,许多有钱人和名人都乘坐过飞艇。当时的飞艇客舱完全可以和今天的豪华邮轮相媲美。

　　配备了吸烟室、酒吧和浴室的"兴登堡号"应该是最著名和最豪华的飞艇。但它的名字也与飞艇旅行最严重的事故联系在了一起。1937年5月6日,"兴登堡号"飞艇在纽约附近坠毁。艇上的97人中,有62人奇迹般地幸免于难。

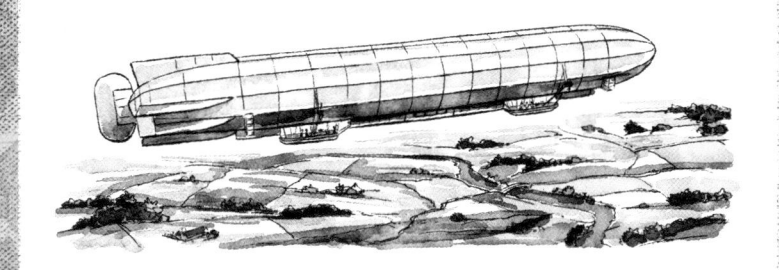

趣味小实验

　　氢气的密度比空气小,也可以说,氢气比空气轻。因此,填充了氢气的齐柏林飞艇可以在空中飞行。

　　如果你想知道,水和油哪一个密度更小,不妨做一个实验:取一只透明玻璃杯或者纸杯,先在其中倒入水,再倒入油。为什么两种液体不会融合在一起呢?

　　这两种液体不会融合,是因为水的密度比油的大。因此,油会浮在水面上。如果这时你往杯子里放一些小东西(如葡萄干、钉子、面条儿),有一些会下沉,而其余的会浮在水面上。现在你知道这是为什么了吧。

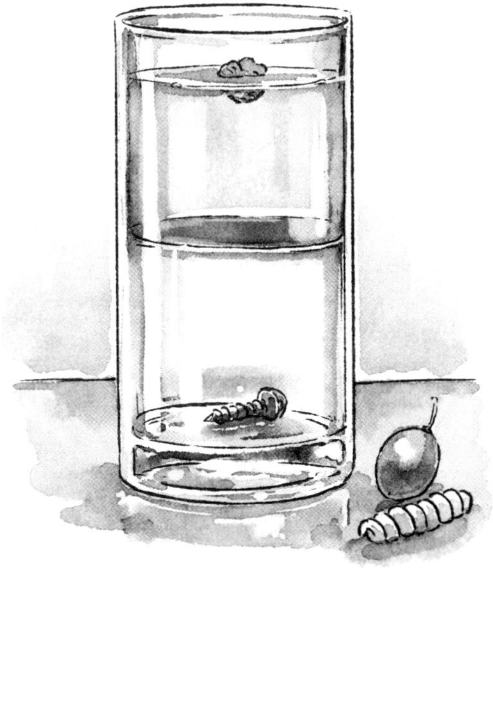

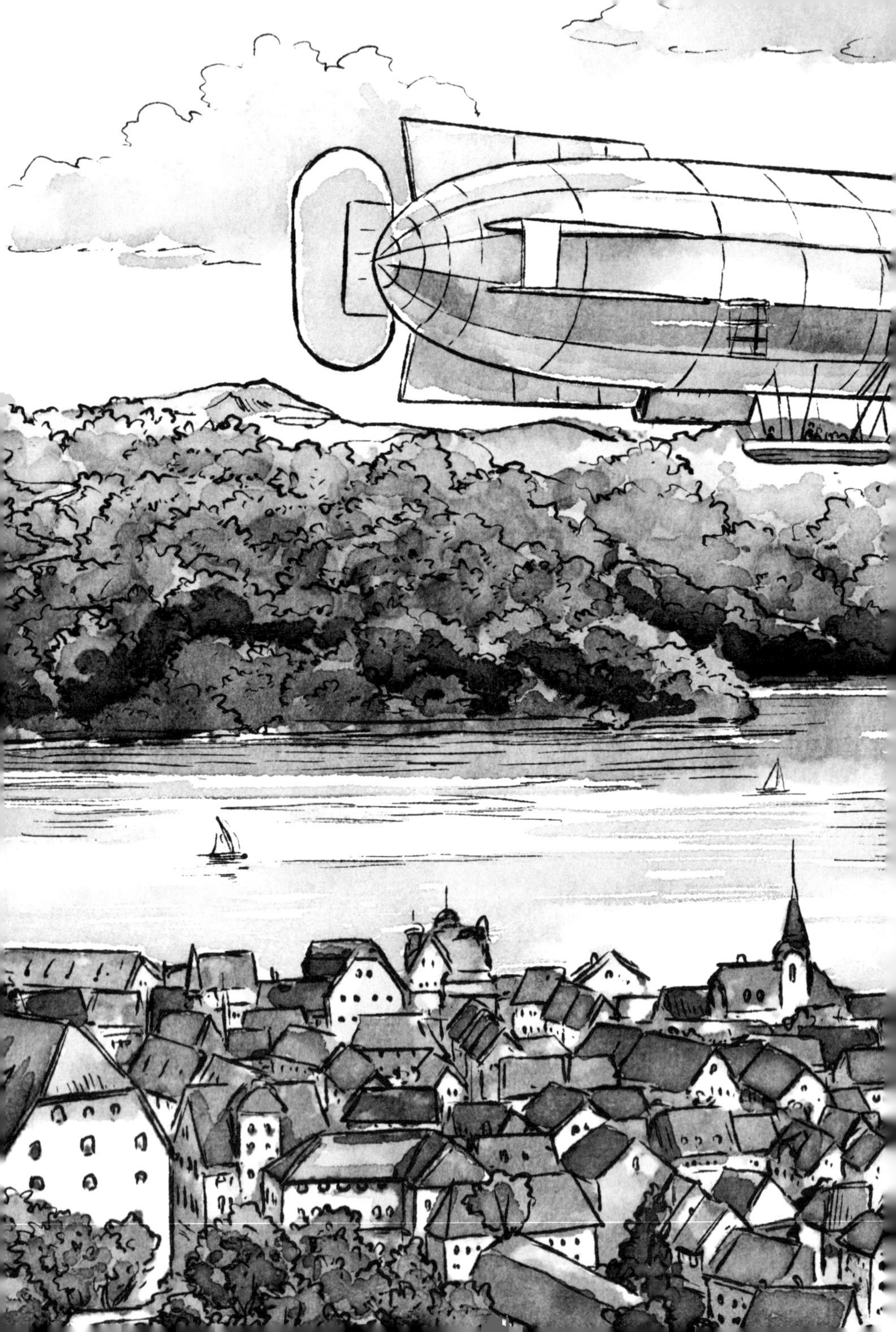

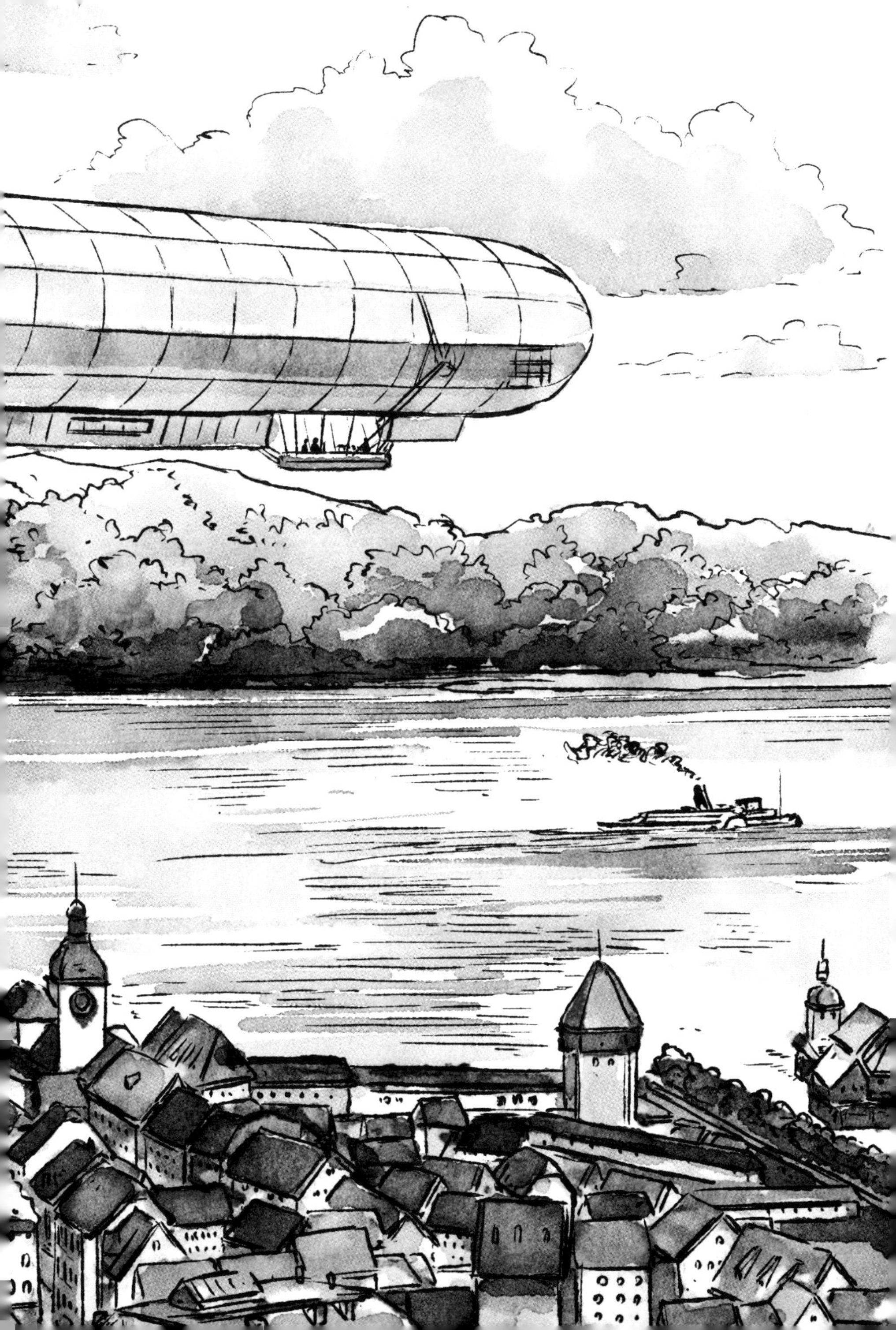